张易堡上

任建强 著

上海文艺出版社
Shanghai Literature & Art Publishing House

图书在版编目（ＣＩＰ）数据

张易堡上 / 任建强著. —— 上海：上海文艺出版社，
2024. —— (南海潮 / 彭桐主编). —— ISBN 978-7-5321-
9072-0

Ⅰ . I267

中国国家版本馆CIP数据核字第202457B1G6号

发 行 人：毕　胜
策 划 人：杨　婷
责任编辑：李　平　程方洁　汤思怡　韩静雯
封面设计：悟阅文化
图文制作：悟阅文化

书　　　名：张易堡上
作　　　者：任建强
出　　　版：上海世纪出版集团　上海文艺出版社
地　　　址：上海市闵行区号景路 159 弄 A 座 2 楼
发　　　行：上海文艺出版社发行中心发行
　　　　　　上海市闵行区号景路 A 座 2 楼 206 室　201101　www.ewen.co
印　　　刷：成都市兴雅致印务有限责任公司
开　　　本：880×1230　1/32
印　　　张：80
字　　　数：1850 千
印　　　次：2024 年 7 月第 1 版　2024 年 7 月第 1 次印刷
Ｉ Ｓ Ｂ Ｎ：978-7-5321-9072-0/I.7139
定　　　价：398.00 元（全 10 册）

告读者：如发现本书有质量问题请与印刷厂质量科联系　T：028-83181689

张易：我的精神山河

（代序）

　　我的故乡叫作张易，立于西北边陲、六盘山下、萧关之外。

　　这里是吾乡，亦是我的精神山河。

　　走在她的每一寸土地上，亲切会从内心升腾，旷远的遐想会从驼铃声声一直触摸到古堡悠远。

　　张易堡上，我看到山脚下丝绸之路上一座座商贾之地；我看到好水川之战前集结的百万雄师正吼着军号出征；我看到成吉思汗的铁骑在驰骋疆场……历史脉搏的一次次跳动，牵动着这座小镇。

　　这里是吾乡，是六盘山西麓张易，交通要道，南北河谷，东西坪上玉皇楼屹立在堡子山对面，像是一名史学家记录着这里曾经上演的故事。

　　走在张易的大地上，有香炉山上的冰雪寒意，有驼巷深处的驼铃声声，有西海深处的丝丝春波，有石庙门前的潺潺溪流，有闰关道上的烽烟四起……

　　历史长河里，我看到一连串不可超越的雄伟，一重重无与伦比的博大，一系列难以复制的辽阔，我心生敬意，肃然无声。

这里是吾乡，我深爱的土地，我的精神山河。

在春意盎然的今天，我站在香炉山上，我站在堡子边，我徘徊在长夜里，我奔跑在山野间，此时此刻的我是自由的，就像在做一场自由的梦，想到哪里，就到哪里……我可以拥抱旷野长风，欣赏山野残阳，穿越千里牧草，守望万古雪山。

其实，我也深深地知道，这片土地看似平凡，却曾丝丝缕缕留下过中国古代最伟大王朝的壮丽诗篇，他是张骞前行的脚步，是汉武开拓的雄心，是盛唐西征的号角，是边关鏖战的烟尘。

直到今天，每一寸土地依旧熔炼着萧萧马鸣，阵阵号音。如果再往深远处看，还可以寻访汉时的风雪，倾听唐代的呐喊。想想都不由得心胸疏朗，步履庄重。

这些年来，我站在宋洼的峰台山上远望六盘，我躺在西海子的碧草青青里看唐皇祭奠……这些历史里，这片被热血涤荡的土地上，我的山河在这里回荡着悲壮，我的精神在这里高举着理想。

人类最勇敢的脚步，往往毫无路标可寻。人类最悲壮的出征，常常都是白骨累累。

现在这个宁静的早晨，放到千年以前，也许正战鼓高擂，旌旗飘扬，马蹄声声，怒吼阵阵。

许多华夏儿郎从皇城出发，从中原出发，从潇湘出发，从江南出发，他们长揖作别，步履匆匆，伴同西风瘦马，一路向西，穿过群山，越过江河，过张义堡、出萧关，把脚步印刻在这里，把深情寄托在这里，把梦想释放在这里，把生命交付在这里。

这里是我们的精神山河，肥沃的草地，马场上战马奔驰，这些影子存在于王昌龄的"不破楼兰终不还"，存在于徐锡麟的"何须马革裹尸还"，存在于戴叔伦的"愿得此身长报国"，存在于岑参的"胡天八月即飞雪"，存在于王翰的"醉卧沙场君莫笑"，存在于陈陶的"可怜无定河边骨"。

站在历史悠久的故土城头，站在边塞的风沙面前，我们眷恋、回顾、奔涌，历史从来都不是一篇篇冰冷的文字，更多的是一个个生动和温暖的人。那些鲜活跳跃的生命，嬉笑怒骂的情感，在一次又一次的前赴后继中，逐渐消散在时光尽头。最后，镌刻在山河上的，深埋在大地里的，流芳于历史中的，不是一支支笔，而是一具具白骨。

叠叠沟、香炉山、宋洼坝、西海子，他们是张易山川的骨血，张易大地的经脉，也是我们精神的血脉，从这里走出去的我们，心里耕种着故乡的种子，意志里穿插着倔强的长矛，思想里荡漾着奔涌的波涛。

也许就这样，一代代人承继千年精神，山河依旧，故人流逝，他们没有留下姓名，不需要后人祭奠，永远藏在山水草泽之间，不动声色地守护着这片土地。他们中的绝大多数，根本查找不到任何线索，只能让他们在这片辽阔的土地上，默默无闻地安享山色和夕阳。

如今，当我们安然地坐在阳光照耀下的书桌前，千万不要忘记，我们现在生活的这块土地，曾经都是他们的山河，我们现在享有的风烟俱净，曾经都是他们的烽火狼烟。

站在我深爱的故乡面前，眼前仿佛浮现着这样一段段波澜壮阔的历史，请原谅我常常一个人泪流满面。

这块土地有太多的地方值得我们尊重，值得我们感恩，值得我们怀念，值得我们追随。

张易，故土难离，精神守候。此刻，我低下头，恭恭敬敬地向这块土地鞠躬。然后，再抬起头来，满怀信心地去承接千年的历史。

历史最重要的，不是一味地留恋，而是不断地前进。我们一路走来，胸怀同一个目标，共赴同一个春天。我们的身后，阳光更加耀眼，岁月更加温暖。

张易，这里是故乡，是我生命中最灿烂的花开。

真想回头看看，给王维敬一杯酒，大声告诉他，现在，西出阳关已经不再是故人的长诀。只要心里盛开一个春天，哪怕置身冰天雪地，依然可以触手生春，让姹紫嫣红开遍山川大地。

目 录
CONTENTS

第一辑
DIYIJI

乡关何处

山水宋洼

仁者乐山，智者乐水，看山可以悦心，看水可以悦智。

水是山的孕育，山因水的氤氲而显得越发大度伟岸；水因山的护卫跌宕多姿到极致之美。阅读山水，读懂山水的性情，山的高深博大志存高远，水的灵动柔变随波逐流。山水互补，山衬托水使其端庄，水滋养山使其丰满。这一刚一柔、一阴一阳承载着太多的情怀，而"一衣带水"作为山水宋洼最绝美的代名一点也不过分。

从固原出发，沿着固将公路驰骋，穿越叠叠沟，翻越气候多变的十字大梁，沿着蜿蜒的公路盘旋而下，路过喧闹熙攘的红庄集市，地势基本变得平缓开来。这时展现在你眼前的便是山水相依的宋洼。

一

回想百年前，我们的祖辈们一路向东，从陕甘地区迁居于此。看着宋洼的一泉清水，看着驼巷待开垦的田，看着峰台山的伟岸挺拔，勤劳的祖辈们便扎根在这里。从张易到固原，在这条路上往返了多少次已记不清了，但车窗外移动的变换的景色，却从未让我感到厌倦，特别是宋洼的山水让我从心里生出深深的敬畏。

据史料记载，相传宋洼村始于明代，因土地肥沃、地势低洼而得名，宋氏始祖宋子敬最早迁至此，此后村民来此渐多，成村后命名宋洼，沿用至今。从东汉一直到明清时期，这里便是肥沃的草原牧场，海拔一千多米的高原草甸一望无际，绵延几十公里。远处是积雪终年不化的六盘山山脉分支，像一道屏障一样远远地耸立在天边。草甸上随处可见悠然移动的牛羊，盘旋于苍穹下的雄鹰……

宋洼背靠峰台山，在峰台山上，极目远眺，风光无限，可以一眼望见张易堡。我仿佛能触摸烽火台的城墙，仰视手持刀戟威武的西夏武士，感悟狼烟纷起的历史场面，边看边是感慨。

怀抱宋洼水库，坐拥万亩梯田。放眼望去，层层叠叠的梯田已被那一道道折射着亮光的地膜缠绕。人在山腰，朝山下的开阔谷地望去，错落有致的梯田覆盖了周围山坡，沿着山路十八弯的盘山公路，看到了我熟悉的黄土地。梯田静如止水而又精美绝伦地映入你的眼帘，不规则的碎片缀满博大的山体，仿佛一道道天梯从山巅垂挂下来直抵山脚，每道天梯都是一片流光溢彩的层面。若你站在远处细细地凝视，梯田顺着山势的蜿蜒，一丘一丘极诱人地隐现在云海里，犹如一幅幅宏大的山水画横挂在群山间。

春天的梯田是浓浓的绿、重重的绿，绿得绵密、绿得厚重，犹如一针针一线线的刺绣，扎透了梯田的每一层泥土，直到把整座山谷织成绿色的绒毯。夏日里梯田则宛若一帧精美绝

伦的绣品。秋日里，藜麦成熟，饱满的麦穗洒下遍地碎金，一
座金山谷，满山一层淡红一层深红一层澄红，麦浪的金色涟漪
从山脚一波波升上山顶，又从山顶一波波往下流淌。落雪了，
梯田在飘飞的雪花中欣然更衣换装，白雪覆盖了层层田畔，厚
重或是蓬松，一畦白色又一畦，梯田的平面上，一层层落满了
白雪，梯级落差若是高些，土地的黄色或浅黄色便明显浓重，
自然而然地甩出了一条条层次分明的线。满山的梯田在纯净的
白雪映衬下，所有蜿蜒起伏的曲线骤然凸显。那阡陌纵横婀娜
多姿的线条，如此洒脱流畅、随心所欲，似行云流水亦如空谷
传音的无声旋律，浅唱低吟……

二

　　季节不同，看到的景色不同，感悟更是不同。春山苏醒
时，百花簇拥，梯田舞动；爽爽夏季时，山清水秀，遍山透
绿；秋染山川时，天高云淡，秋高气爽；雪迎寒冬时，银装素
裹，风光旖旎。

　　宋洼的春来得迟，草木泛绿时，冰雪已融化，遍布田埂上
的是阡陌纵横的乡路，泛着蒸汽韵韵隐隐，和村庄里的炊烟一
起，婷婷袅袅。远山静默、乡音悠远，无论心中有多少浮躁，
都会在这样的景色里宁静下来。天空亦是变幻莫测，有时湛蓝
湛蓝的，一碧千里，让你彻悟真正的巍峨、高远。

　　站在峰台山顶，遥望宋洼坝，如一块晶莹剔透的蓝色宝
石，镶嵌在村庄温暖的怀里。偶尔会有朵朵白云相伴，挂在天
边、绕着青山，让思绪不由得浮想联翩。心一路轻柔地偎贴着
大地之山，我与故土的距离不再那么遥远，漫山春色把我领上

了峰台山，造访山水宋洼，膜拜万里江河的第一粒水珠，实地朗读心头那部烂漫恢宏的篇章。

行走在六盘山的肋间，万籁俱静，田畴和人烟交织其间，我染一身泥土的苍黄，天地间只有我和我的冥想。这时候，我如虔诚的朝圣者，融化在故乡绝美的风景里，切切感受着细微、安谧、辽阔和壮伟。

冬季，万物萧条，峰台山嶙峋的脊梁和覆雪的田地勾勒出的简笔画卷，让你置身其中，感受千里冰封、万里雪飘的悲戚，以及苍茫大地、谁主沉浮的忧虑。看着黛青色的山上覆盖的层层白雪，极目山下村庄、河流、沟壑……不由得忆思古今、豪情万里。汉武帝开疆拓土，红军越雪山、过草地，会师三军的画卷就在眼前。卫青、霍去病横扫漠北，徐向前、陈昌浩血染河山、解放西北的历史时时再现。苍茫的草原伴随绵延万里、蜿蜒盘旋、沉默覆雪的祁连山，再现历史的凄凉凝重。

三

山之外，便是水了。宋洼这条溪流曲折蜿蜒一路向东，在红庄、驼巷两条溪流汇聚，两水交织，迤逦辗转，乘势而下，渐渐壮阔。说这水清，说这水碧，总觉得不妥帖，其实是一种墨绿，一种深沉沉的化不开的绿。

来到这里，映入眼帘的是水天一色的宋洼水。站在岸上，听水边吐青的草芽发出细嫩的声音，内心希望自己就置身在山水之中。转瞬间，一只只柔情的燕子，撩开了水的胸襟，在纤纤草丛、潆潆流水边，跳着婀娜多姿的舞蹈。我远远地听到了生命的呼吸，心声从阳光的正面漫向布满青绿的大地，以百倍的信念唧唧轻吟。

转眼，一支散散落落的水鸭队伍扑打着水花在意料之外轻盈飘来，林林总总，格外放纵壮观，掠一抔泥沙而过，绕一片片水草而行，什么也没放在心上，什么都置于一边，什么又都是水畔的景色。此刻，蓝天很低，情怀一览无余地敞开，湿涸涸的世界呈放射状无声扩展，娓娓细流经地行天，犹如绣在阳光下的银丝花纹。

其实，在世人的心目中，水总是处于低下的区位，积水才能成渊，谁想过这里的每一滴水都来自巍巍大山，来自故乡深处。

四

沿着山路绵延而上，峰台山、宋洼坝与野狼沟相望，站在山巅，"野狼沟花海"扑入眼帘。粉红的鲁冰花，黄灿灿的油菜花，紫的格桑花……层层叠叠、颜色各异的花朵以最美色彩在这里绽放，千姿百态，五彩缤纷，举目望去俨然是一片花的海洋。

野狼沟里最艳丽的是藜麦花开。当你还在为第一朵藜麦花开在田埂上欣喜雀跃时。第二天放眼一看，呀！一夜之间，藜麦花铺满了整座山，从星星点点到漫山遍野，烂漫吐蕊、沁人心脾，此后十天半月延续，一拨儿山花谢了，一拨儿又开了。一茬接着一茬，仿佛约定好似的，用最温文尔雅的一面装扮着整个峰台山。

细细品来，这野狼沟的花把整个宋洼村紧紧地抱在怀中，而潺潺的河水是绕山的蓝色纽带，河岸两边郁郁葱葱的白杨挺拔秀美，像是群山的护卫，又像是宋洼村的护卫。

宋洼的夏季是短暂的，假如你还在为漫山遍野的花海无限陶醉时，数日细雨绵绵、几次银霜之后，看到的，尽是五谷静悄悄垂下的沉甸甸头颅。天高云淡、大雁南归，与此同时，秋殇也沾满了农人衣裳，漫长的冬季眼看着到来了。

五

宋洼，立在山水之间，静谧于山乡之外。生于斯、长于斯的儿女，世代生息，对这片神奇的土地有着别样的深厚情感。他们的眼里，宋洼虽地处偏远，却宁静祥和；虽寂静没落，却空旷辽远。

瑕不掩瑜，如今山水宋洼秀美宛若天境的自然景观，被更多人所关注，一步步走进了人们的视野，道路上山、引水上山、电力上山、绿化上山，集装箱酒店、垂钓中心、藜麦加工厂、游客中心等陆续进入视野。"山水宋洼"的美誉不胫而走，响彻六盘山区，宋洼将以最秀美的姿颜，最淳朴的民风，迎接一睹风采、慕名而来的八方游客。

离开宋洼，回身望去，湿湿的思绪飘过，记忆中的东西渐渐弥漫出来，山水在阳光下等待我们去重新阅读……

山水宋洼，飘扬在六盘深处的晚风里，看着如诗如画的山水和隐没在林间的古道，我们仿佛回到了从前的春花秋月，内心里充满了来自遥远年代的忧伤和感动。月亮升起来的时候，宋洼坝的水面闪出万点银光，那光的闪烁让我们觉出了无比的温馨。这一刻，天在水尽头，水在山之巅。

还是古话讲得好，上善若水啊！

烟雨盐泥

清明时节，一场雪不期而遇，纷纷扬扬的大雪笼盖四野。在雪雨之间驱车驰骋在叠叠沟，回家祭祖心切，清明烟雨浮在眼前、浸在心底。

说起烟雨里的故乡，盐泥的烟雨景致最让人神往。走在六盘山支脉的香炉山下，依山傍水的盐泥令你沉浸在烟雨之间，沿山而行遁寻那些久违的静谧，那种感觉，真是惬意！

清晨，香炉山下的盐泥村，在炊烟袅袅中苏醒开来，枝丫间欢快跳跃不知名的鸟雀，歌声响亮清脆。春风过处，白的梨花、粉的桃花，如闺里娇羞的新娘，装点着庄廓的房前屋后，田埂四野。还有散落在垄上的几朵小黄花，在一片平整翠绿的冬麦地之间，宁静清秀。

这便是盐泥村的样子！或者确切地说，是盐泥春天的样子。恬静、休闲、和谐、秀丽，一如他诗意一样的名字——盐关古道泥生香。

一

烟雨中的盐泥，行走乡村的小路上，淅淅沥沥生动而明朗。雨水轻轻柔柔，风吹动着杨树林，像荡漾在春风里的蚕声；雨水急急促促扑溅大地，像天空扬落的饱满谷粒。叶绿了，苗肥了，天地清润起来。

一条山路如丝带伸向香炉山深处，道路两旁的房屋红顶灰墙鳞次栉比，宛若开往春天的列车，缓慢悠长地荡漾在春的细雨里。道路两旁新叶绽出春蕾，花儿顶出了骨朵儿，大地探出了青草的细绒，路两旁的树木却不胜早寒的料峭，仍紧裹着娇弱的脸，迟迟不肯露面。抑或春风不慎掀露了她的华盖，刚有了一点两点的嫩芽，她又羞怯匆匆地掩遮了脸，飘然遁去。

清明，逐雨而来。雨很细，像烟像雾又像风，丝丝缕缕，似有若无，却能滋养大地、润泽心田。这个时节，或许随口一句"清明时节雨纷纷"便能激活一场细雨，春天的风物，无不被那霏霏的清明雨泼墨成一幅淡雅自然的山水写意长卷。

身居香炉山下，偶遇一场春雨，独赏这烟雨，别有一番感受。

一夜梦尽，鸟啼春晓，推窗而望，湿漉漉的大地上，一派落英缤纷。那悄行的春雨，已乘着你的酣梦而来，千种柔情，万般低迷，已唤回万象青葱。

依山而立的盐泥村，一条小河穿村而过。清纯的空气是她少女的芬芳，遍地的落英是她青春的衣装。地上的青草吐着新翠，枝上的花朵含着荧光。茫然四顾，那远远亭亭玉立在山坳的、院落的、田园的，开着一树洁白的杏花，摇曳着一树殷红的桃花，不正是盈盈微笑着的春雨么？

炊烟散去，农人们便去拾掇各种农具。做一些春耕时的准备工作；而女人们却没有多少事可做，但她们又闲不住。于是炒上几把麻子，带着一摞鞋底，三三两两凑在一起。两个媳妇子一面鼓，三个媳妇子一台戏。清新的春雨在窗外星星点点、密密疏疏飘洒着，浓郁的话语在青砖红瓦的屋子里叽叽喳喳、热热闹闹荡漾着。

一声牛哞划破了烟雨中的山坳。在春天里。生命是耐不住寂寞的，等这场春雨过后，山村必将是个明媚的阳春三月。种子开始在潮润润的大地上破土，勤劳的盐泥人也开始了辛勤的耕耘、劳作，一切的生命都去迎接芬芳的果实。

二

烟雨朦胧，无处不清明，把所有的爱遥寄在雨中。

每年清明，一滴泪的沉重压在我心中，柳枝是缠绵的乡愁，也是烟雨中的惆怅。远方的游子就像盐泥散落在天涯尽头的一朵朵含苞待放的花朵，他们渴望在时光的淬炼里绽放，他们期待在奋斗的征程中照亮前路。此刻，故乡的人都在思故乡，他们或许在电脑前思酌、在军营里历练、在会议室里谈判、在工厂里组装、在教室里上课……那些盐泥的乡亲们似乎已经化作清明前的雨丝，勇敢地扑向大地，在祖辈曾经滴下汗水的山野深处，在父辈曾经耕耘过的土地上沉思，深深地和土地融在一起。

一缕烟，模糊了视线，蒙眬了外面精彩的世界；一场雨，清洗了尘，也清洗了心。烟雨清明何尝不是为我们隔离了世间的喧嚣，洗净了心尘，营造出一种清明之境。其实，清明就是自然的音韵和诗意，返璞归真，让心灵安宁，静享白居易所崇尚的"心田洒扫净无尘"的清欢。

香炉山绵延几十里，从西海子到盐泥，险峻是它的风骨，刚毅是它的灵魂，一如在这山脚下默默耕耘的汉子。

从村庄深处沿山路盘旋而上，一路的蒿草，一路的茂林，一路野花。烟雨香炉山，在枝影绰绰的林中缭绕，在远上香炉的山路中朦胧。每走一程，就觉有一种神秘的气息扑面而来，越往高处，那雨雾越浓，直至最后完全被它淹没、消融。鸟语的声音，在我的耳边响起，忽远忽近，忽断忽续，时有时无。小鸟在树间跳跃，偶尔碰落枝叶上的雨水，滑入我的脖颈，一股凉意从后颈直透脚底，沁人心脾。

一缕梵音从何处传来？似晨钟暮鼓一般，重重地回响在耳旁，又似计时水漏，轻轻袅袅，像从天外，又像从谷底，一时竟辨不出它的来处。谁知竟然走着走着，便到了西海子深处，在西海子深处沿山远望，不远处古刹林立，云雾锁楼台。

三

沿着西海子岸边撵步而行，峰回路转，穿行在一片林涛澎湃的林子，那涛，像是十二匹铁蹄子的马踏过我的头顶，我竟有了一点怯意。这深山老林中的幽静和突然袭来的涛啸，让我的灵魂在不经意中感到一点深深的敬畏。穿过林子，雨已停了，只有风在吹，云雾被风吹去了，庙宇便出现在我眼前了。

站在威严的龙王庙前，一脸的虔诚，满心的敬意。我方明白了自己和那么多的游客要到深山来游历，到庙宇里来谒佛的缘由。尘世中的一切荣辱兴衰沧桑世变，都在历史中随时光而演绎变迁，唯有这山、这涧、这林、这香、这佛还依然在这烟雨轻雾、清风白云中无言地昭示着一种宁静和淡泊，这一切让人宠辱皆忘，抛却一切功名利禄。

不知不觉听风听雨，已走出盐泥，走出烟雨，走到了西海子，兴尽而返。沿着回路漫步在香炉山深处，看着日已西沉，钻入树海游荡，仿佛自己化作了一轮明月。月出东山高树梢，鸟声啁啾渐消失。整座山一片寂静，夜色逐渐加深，东一盏，西一盏，高高低低的电灯钻出树海，点亮了盐泥村，仿佛给香炉山下镶了一朵朵金黄的菊花。

当无边的夜色包裹住村庄的时候，烟锅和故事便撑起了村庄的神韵。这时候，耕牛走出了黄昏的地垄，鼓噪的蛙声在小河边渐渐将息。窗棂里晃动着的儿孙们的身影，在土炕边围拢在长者的身边，看他们抽着烟讲着浮浮沉沉的故事。这些故事，或许已经讲过了一千遍一万遍，但老人们总会在一件反复讲述的故事里悟出无边的道理来。他们有的是时间和精力把这些故事掰开揉碎，加上理解和参悟渗透到儿孙们的血液里。直到在他们这种最朴素、最传统的说教里，子孙获得做人做事的大道理。

传承成了清明最深刻的主题。

四

春雨在这山乡是有灵性的，烟雨之间，皆是生命不息的足迹。

在村庄深处，春雨多半是在夜的不知不觉中悄悄飘落，仿佛一个羞怯怯的小姑娘，步态轻盈，软声细语，随风入夜，润物无声。当她那清纯的素手抚过干裂的黄土地，一股潮潮的春天泥土馨香便弥漫在了浆蒙的雨意之中，飘进了农人们酣睡的恬梦里。

清晨，春雨中村庄的黎明姗姗来迟，而那洋溢出的一派睡意依旧浓浓不散。这时候，公鸡扑棱一下沉沉的翅膀，又一次扯开了嗓门。男人们总算睁开惺忪的睡眼，瞅了瞅外面，一片烟雨迷泉，于是又倒头睡去；女人们伸了伸酸腰，撩起潮潮的被子，懒洋洋地穿上衣服跳下了炕，去拾掇一把干柴火。不多久，一股浓重的炊烟便飘向了潮湿的大地。

经过一夜细碎春雨的滋润，苍老的土地勃发出了满目生机。看啊，坡地上一片连一片的野草杂棘招展出了绿茵茵的春色，烟雨迷浆的山沟沟里粉嘟嘟的杏花乍然绽放；那田头地畔的杨柳，含新吐翠，潇洒倜傥，全然是风流十足的陌上少年。你再舔一舔这潮润润的空气，春天新鲜的芬芳竟是那样撩人心肺，动人情肠。

宁静的村庄，贯穿于其脉络中的，依旧是根植于灵魂深处的文化。是秦腔戏、是唢呐和萧笛，是翻烂了写满注释的线装《下河东》《三娘教子》和《拾黄金》，是闭目的投入和浑浊的眼泪，是如泣如诉的旋律和绘声绘色的讲解，是忠孝礼仪和爱憎分明，是"三句好话不如一鞭杆"的理念。村庄的文化，朴素自然和纯真直白得就像村庄自身一样，散发着自然和土地的味道，纯之又纯。

五

一夜春雨，房檐上的滴水落在院子的积水里，溅起一朵一朵玲珑的水花，在雨水的涟漪中荡漾。下雨的时节，是村庄的沉思季，滴答的雨滴和花落的声音，伴着斜织雨雾的唰唰声，是天籁之音，萦绕于农家小院里，萦绕于村庄的上空。村庄在雨中，显得愈发休闲宁静了。

"樱花落，子夜眠，梦回李唐千百转。"一片花瓣落下来，落在水中，又一瓣花瓣落下来，落在泥土中。庄户人透过窗棂，看山中的落花，看远处烟雨蒙蒙的黛青色的山，看山腰间染上了浅绿色的树林。出不了农活雨天挡道的闲暇里，他们在"夜凉如水听雨声，前尘似梦心头绕"的淡淡惆怅和诗情画意中，拥着慵懒和迷蒙伏枕回笼惬意地睡去了。

而黛青的远山在如烟的雨中，也越发青翠秀丽，曲卷着的绿叶在雨中极力地舒展开来。耕牛立于田埂之上，与牧童一起，再一次点缀春雨村庄的水墨画卷。

古道驼巷

午夜，总是睡不着觉。躺在床上，望着窗外的灯火辉煌，我会经常想起寂静的村庄——驼巷，想起村里的父母，想起村子里那些往事。

那个铭刻在我心底，记录着我的童年，流淌着我的故事，徘徊着我步履的村庄，就像是我身上的一块胎记，无论你走得多远，无论你身在何方，你身体里永远流淌着清冽井水沉淀成的血液，你梦境里永远重复着时光深处那些难以忘怀的画面。这或许就是根，当你失意孤单，当你经历挫伤，当你郁郁不得志的时候，你就想在村庄的那个院落，蜷缩在土炕上，盖上厚厚的棉被，好好睡一觉。此刻，你不想让任何人知道你的悲痛，包括父母，不想让任何事物打扰你，包括一声鸟叫。村庄包容了你的一切悲欢喜乐，村庄给予了你博大的爱，你踌躇满志地离开，你郁郁寡欢地归来。

我来自那个西海固以西的村庄，这里曾是丝绸之路古道，驼铃声声，悠悠古驿，所以这里自古至今有个诗意的名字：驼巷。

这里既有绵绵流淌的南湾河河之水，也有巍峨连绵的大洼山，既有我童年美好的记忆，也有我懵懂成长的无奈，无论何时走到哪里，她始终是我心底的一方圣境，随着年岁增长，这种感觉尤甚。

驼巷村是我出生的地方，一条公路犹如一棵松树，将驼巷的几个村庄连接起来。这是传说中的丝绸古道，曾经多少驼队沿着这条路一路向西，将中华文明带到西方，将西方的丰物带回长安。小庄、马蹄沟、骆驼巷、生地湾、刘家庄、樊家庄、红泉、黎套，这里的每一个自然村仿佛就是这一棵参天大树的树干和树枝，每一个院子和每一户家庭就像一片片叶子。他们共同构成了一个村庄的记忆和历史，这些记忆和历史，也像这棵参天大树一样，经历了风雨洗礼，经历了浮沉沧桑，经历了翠色枯荣，但自始至终他始终是一棵树，扎根这片土地，被这片土地滋养，心往一处地沿着历史的道路前行。我们自然村就在最枝繁叶茂的地方。

村口有一条小小的河流，从不远处的青山之中蜿蜒而来、潺潺流过、蜿蜒而去，静静的没有叮咚之声，没有惊涛骇浪。伴随着她的是草儿、花儿、树儿、鱼儿、鸭儿、人儿，还有风声、鸟声、笑声。他就像这棵大树的血脉将祖祖辈辈的驼巷人繁衍。河流上游的樊家庄有一片茂盛的树林。

那里曾是我们儿时快乐的"天堂"。放牛、耍水、打梭……在这密林深处总有我们玩不够的游戏。有时候突发雷雨，我们来不及躲避，就直接躲在树林深处的看树房里。我们看着瓢泼大雨下的老黄牛身上的水直流，看着眼前这条河水暴涨，水漫过河堤冲向远方，整个树林都沉在雨水里。看到这情景，我心里害怕极了。父母着急，冒着大雨漫山遍野地找我们几个放牛娃，最终还是雨停了，站在村口的父母亲们看着我们赶着牛、蹚着水回来了。父亲没有打骂我们，只是走在我们前面赶着牛，轻声地说了句："以后看到有雨就早点回。"他们心里也知道，经过这一遭，谁也不会再玩过了头。

这里的人们世世代代和睦相处，也成为附近村庄间的佳话。每逢初三初六初九，是红庄的集日，各村的人都纷纷赶集去，有的推着架子车，车上一袋袋粮食；有的赶着牛羊，优哉游哉；有的摩托车，如狂风一般疾驰而过；大多数人是提着包、背着袋子一路步行去赶集。八九点钟，各村的人们从路两侧汇集起来，奔向红庄，下午两三点钟，赶集结束的人们，又像河水分流一样，各自回到村里。小时候，我最喜欢跟集，父亲推着架子车，车上拉着几袋要变卖的豆子、胡麻，一路路过骆驼巷清真寺、路过大队院子、路过红庄变电所，越走人越多，小伙伴也越来越多。最让我兴奋的是可以去舅舅家。舅舅是红庄人，那时候红庄还是乡镇周边的人都在这里跟集。舅舅是红庄的大户人家，家庭条件比我们家好。他在街道上开了一个小卖部，每次我去跟集，我都能大捞"一笔"，什么糖、明信片等这些我最喜欢的玩意，都成了我喜欢赶集的一个重要的理由。

十年前的一个秋天，我告别了驼巷，辗转走出大山到了北京后，如织的人流车流，高耸入云的高楼，昏暗的天空，都压得我喘不过气来。当暑假回到老家的时候，倍感舒服，绿水青山相伴，湛蓝无瑕的天空一尘不染、纯净如玉。若是没有那几片飘动的白云和时不时几声鸟鸣狗吠，几乎让我感觉时光停滞不前而忘记了自我。剥去从大城市学会的伪装，伸开双臂拥抱村庄里的每一缕空气，闭上双眼亲近味道，回味着童年在河里抓鱼的快意、少年时与同伴的恶作剧、青年时压制情窦初开为了前程煤油灯下的苦读，就好像回到了母亲温暖的怀抱里。然后放松身体躺在草垛边上，让思绪恣意驰骋，那是何等惬意呀，本来毕业后憧憬在外地打拼的打算一下动摇了，而且一发不可收，最终还是经不住老家的诱惑回来了。

走在路上，看着整齐划一、蓬勃欲滴的田园，四周青山葱茏，生机勃勃。曾经，那些田地只是用于种人们果腹的农作物，老家的父老乡亲一年四季忙着农事，可到头来依然是生活清苦，贫穷始终伴随着老一辈。

如今，驼巷变得有些不相识了，曾经零星点缀在路边低矮的土房大多被漂亮的院落所替代，声音有些震耳的村村通喇叭似乎在告诉我，驼巷已不再是以前的驼巷。走在蒙蒙细雨中，村子里的树儿摇动着，林子里的鸟儿们争着唱歌，山峦之间被一层薄雾笼罩着，缓缓流动。走在村子里的水泥路上，一小畦一小畦的菜地里，黄瓜、辣椒的苗儿轻轻地摇动着……

回望驼巷，是这里善良的光辉让我长大，是这片温馨的厚土滋养我。这里诚实，不欺不瞒；这里宽容，感觉温暖；这里自由，感觉坦率。愿驼巷的青山和绿水，永远映在每一个离乡人的鲜活记忆里！

暖意红庄

其实，每一个村庄都有自己的生命，当你走进他的时候，他会给你一遍遍诉说关于你的一切。

再一次来到红庄，或许是因为所有的舅舅家都在这，或许因为儿时多少次在这里跟集，或许是初中三年的记忆已经凝固在村庄里，每一次呼吸这里的空气，一种油然而生的温暖总会扑面而来。

着一身布衣，穿一双布鞋，悠闲地快步走红庄街道，那么幽静，如此淡然。走出喧嚣的城市，来到这里，让我越来越喜欢这样的村庄。淡然的心境，让一切都回归简单。是的，回归简单，回归平静，回归朴实，在当下填满压力、忙碌、不安的心态下，算得上是一种难能的可贵。而这种淡然与从容只有在一座村庄里感受得到。

每每开车翻越叠叠沟，下了红庄梁，一座安静的村庄坐落在大山之间。这里曾是个乡镇，现在已是张易镇的一个自然村了，它是南去隆德、静宁的一条捷径，且东距固原市二十多公里，四面环山，所以这里依旧有着古老的集市，四面乡村的人们每逢集日来这里跟集，似乎有着北方小城镇特有的滴滴韵味。

红庄距离固原城不远，出城沿着固将公路，过白马山、入叠叠沟，沿着山路蜿蜒盘旋而上，出沟之后便到了红庄边界了。红庄街面很小，像个玲珑剔透的小河，一条街贯穿而过，铺面上经营地方上的土产、日用百货、农用机械的配件，做生意买卖的商贾络绎不绝。

当年童年的记忆铺满这个街道，当年年少轻狂时在这里奔跑，你会对这里有一份特殊的感情。现在的我，更愿意在某个清晨，穿过安静的街道，溜进热闹的集市，在琳琅满目的菜品中，挑一把最抢眼的嫩绿，奔走在沾满露水的时光里。

每日清晨，一趟趟从兴隆、隆德发往银川的班车到达红庄，中途停车休息吃饭。街上的行人多起来，南来北往的人群开始熙熙攘攘，做生意的摊点就摆了一街，高高低低搭起帆布小棚，出售当地产的山货、特色小吃，有酿皮、甜醅儿、麻花馓子、土豆、蘑菇木耳、枸杞、蕨菜、胡麻油……闹闹吵吵的，一片繁华。

班车上走下来的旅客夹杂在人群里，见了山地里的物件都很稀罕，挨着摊点和铺面凑着身子打听价钱，知道价钱低得惊人，就大量采购，买下满满一包，口中还不停嘴地尝着新鲜，小贩们争先恐后地吆喝，笑容堆满整张脸面。旅客们有了大包小包的收获，都心满意足，相互夸赞此地的物产丰富、民风淳朴。

村子西面的南北两山的沟洼里，稀落分布着一些人家，围有院墙，带门楼，院门左右两扇，嵌有扣环，一片安逸的人居环境。进去有三院，头院圈牲口、放农具、贮草，里院住人，后院为菜园。房屋是土木结构，屋顶稍微前倾，以黏土抹之。

其实，在每一个人的人生的河流里，总有一个村庄，即使你已经驶离它很久很远，你仍然会随时想要回到这里，去留恋探望它的乡野气味。

村南沿公路一路往南，到宋洼边界，靠山一边一座机砖厂的烧砖的窑里冒出一簇簇烟，另一边一条河流潺潺而过。冬季来临，河面上结着冰，对岸的人家冬日里到镇上来就不再绕弯走远处路，皆搀扶踏冰而过，冰河上有人凿了窟窿，用网罩鱼。鱼大者过斤半，捞之置于冰上鲜活乱跳，用柳条穿鳃提回家中红烧或清炖，味道都极其鲜美。

对面就是峰台山，更多的人称封泰山。山下河岸边长有灌木丰丛，有野兔出没，秃鹫是本地常见的一种鹰，喜爱低低地翱翔于空中。远处梯田里的土地，几千亩良田每到夏季便种满洋芋、胡麻等农作物，开花的时候，一片金灿灿、蓝莹莹的海洋，蜂叮蝶舞。陕、甘一带的养蜂人每年算好时令，不辞辛苦，长途载蜂而来采蜜，收获颇丰。

冬季是农闲季节，村子里办喜的人家也多。忙了一年，手头里有了钱要操办儿女的婚事。腊月里，娶亲的车队披红挂彩行进在公路上，浩浩荡荡。农用机动车后斗箱里装载着娘家陪送的嫁妆和前去贺喜吃席的娘家至亲好友。车到公路的上坡，车队停下来，闹喜的人找来绳索拴住前面的轿车，打扮成"火烧爷"的公公在众人的哄闹和拍打下背负着绳索往前拉。戏弄到公公筋疲力尽，众人方散，娶亲的车队又缓慢前行。行至中街，那车自动熄了火，车真的再发动不了。公公看了日头开始着急，就去修车的铺面求师傅，师傅是兄弟两人，于是便取了撬杠、千斤顶钻到车下摆弄。

固原人在礼节上面喜爱讲究，恐误了时辰，年轻人就紧一声慢一声地催师傅，兄弟俩挨着冻在车下就恼了火，公公赶忙过来赔话，说："尕娃家说话没卡码，担待着。"又叫"支席人"（帮忙办事的当家人）给师傅拿来喜糖和油炸的果子，兄弟俩见了公公的扮相又想笑。车修好了，娶亲的队伍开始上路，娘家人就拽拉兄弟两人去吃席。兄弟俩做生意腾不开身，又推辞不下，便答应晚上去庄上凑个热闹。

村子的晚上特别寒冷，南面山头上覆盖的白雪晃得耀眼，街面上就再不见一狗一人，人们就围拢在炕间或火炉旁看着电视喝着小酒拉片闲话，絮叨一年的收获和光景。

当爹的就说，年节快到了，要进趟固原，给孩子们添几件新衣，买些年货。妇人便取了柜子里的钱，分分毛毛地数点，数了两遍仍未数清，就交给男人，当爹的就笑女人文化浅，妇人窘红了脸起身去照看孩子，孩子已在暖乎乎的炕上熟睡多时了。

有时候想想，也许，人生这几十年的短短路程，拥有的太多，想要的太多，得到的太多，失去的不少，总是感觉迷茫，惊慌，不知所措。而当你想起那些回忆时候，活得却是那样轻松，自由，怡然自乐。

我再一次走过街口，已然不知道自己走了多少回，但是每一次都心暖暖的。

晚上我离开红庄，舅舅担心我途中的安全劝我明早再走，极力劝挡不住，便唬了脸面吓我，说，大雪要封山了。

我执意推辞了他的挽留，夜色茫茫中乘车而去，外面是冬寒料峭，冻得人打战，我开始后悔自己的决定，心中忐忑不宁。

车已行驶红庄的时候，回头远远地往山下看，只见到几处或明或暗的灯火，当小村的最后一盏灯熄灭后，就像小村闭上了眼睛，在寒冷而静谧的黑夜里沉睡了。

雪落张易

雪落张易，壮美如斯。晨起推窗，外面是一片洁白的世界，雪花在山峦乡野之间飞舞，风忽而把雪花吹洒得零零落落。

春透水波明，寒峭花枝瘦。春节过后，刚刚感到一丝春暖，转眼间又被一场春雪所代替。屋瓦上"沙沙"的声响，那是雪花从天而降，落在瓦片上，蹦跳起来，像顽皮的小孩，欢欣地跳跃着。有的雪子落在窗台上，一骨碌钻进了房子里。嘈杂声音随之越来越密集，如筛米，如撒豆，推窗远望，天地间灰蒙蒙的一片。

雪落张易，这真是壮美的一刻。

一

在张易，远山近水，树木村庄，一切是那么层次分明。雪落山巅，雪落乡村，雪落农家，雪花舞蹈在乡村的炊烟之中，洁白的雪花开在乡村的枝头，开在乡村的草垛，开在乡村的年味里。

　　雪子下着下着，声音变小了，天空中开始飘起了带角的小雪花，继而，掺杂着柳絮般的大朵雪花，从灰蒙蒙的苍穹中飘然而至，如歌如诗，亦梦亦幻，这是初春里最美的旋律。

　　漫天的雪花从天空纷纷扬扬地飘落，飘飘洒洒，轰轰烈烈，一粒粒，一片片，一朵朵，鹅毛般飞舞，好似一群银色的蝴蝶，盘旋着，翻卷着，在空中尽情地展示着曼妙的身姿，又如一群冰清玉洁的白衣仙子，欢快地落入凡间，柔软雪花如棉絮般圣洁，似云朵般轻盈，悠然地飞向大地，给大地一个深情而温柔的拥抱，原野顿时一片晶莹的银白。

　　云飞无痕，雪落有声。在乡村，早上起来，就可见雪花静静地堆在地上，堆在草丛中，堆在房顶上。小河静止了，水田静止了，霜花开在薄薄的水面上，透明的，偶尔可见几株枯黄的水草突破薄冰，硬硬地直立向上，就如刀刻的小型雕塑，散布在乡村的版图上，乡村的冬日就在雪花之中活过来了。

　　田野里覆盖上一层厚厚的雪，给冬小麦盖上了一层棉被。最有趣的还是立在田间的玉米秆了，浑身披了白褂，仿佛是一个雪人，下巴也长起了白白的胡子，变成了憨态可掬的老人。他依然坚守在这片白雪皑皑的雪地里，承担着主人的重托。

　　雪里的乡村苍茫如幕，每一寸土地都隐逸着灵性。麦苗间流传着一种久违的绿色的欢呼，泥香淡淡，根须在严寒里潜滋暗长，那是最初的水给予生命的洗礼，那是雪一样朴素的心灵默默地期待。一场大雪给一个村庄和它的主人注入了多少心灵的甘泉！

二

村庄边的草垛同样堆起雪花，麦草垛仍然热气蒸腾，在草垛里抽出一抱麦草，温温的，散发出草的味道，这是一种久违的香味，即使你远离乡村好多年，这种味也会一直跟随着你，有时还会在梦中侵袭你，开在草垛尖上的雪花是别致的，稀稀的，薄薄的，如一件花衣穿在草人身上，滑稽而可笑。

寒风中的麻雀聚集在草垛里，有的在草垛里筑巢，有的则在这草垛上觅食，叽叽喳喳的一大群，在麦草垛中飞来窜去。

村庄此时已是白雪茫茫，一片银装素裹。村庄里尤显得寂静了，树林不时传来窸窸窣窣的声音，偶尔"扑棱"几声响，一捧捧雪花从树梢上落下。小河里的溪水结了一层薄冰，透过晶莹剔透的冰面，还能看到冰下暗流涌动，不见水流，却能听到悦耳的潺潺流水声，雾气氤氲，轻烟笼罩在河面上空。

通往树林的山路被厚厚的积雪覆盖了，广袤的山野更敞开双臂，雪那白玉般的身影，让褪去浓妆的大地变得素净淡雅。雪落向大地时，是迈着轻盈从容的步伐而来，这脚步声不慌不忙，不紧不慢，听得真真切切。原野白晃晃的耀眼，只有树林里还露出青翠的绿色，经雪犹绿了。

枝头间，到处都是厚厚的一层，树枝被压弯了，一副负重累累的样子，走在树底下，"啪"的一声，一团白雪从树上落在跟前，冷不丁吓了一大跳。一团雪落下后，树枝被弹起，形成了多米诺骨牌效应，周边枝头上的积雪也纷纷掉下。竹林间不时地传来"簌簌"的声响，那是雪从枝头跌落的声音，和着雪粒沙沙飘落的声音，一唱一和，一高一低，错落有致，节奏鲜明，犹如一曲浑然天成的天籁之音。竹子也被积雪压弯了腰，在风中不停地摇曳着，终于承受不住积雪负重，"叭"地发出一声脆响，树拦腰被折断，在寂静的山林间尤显得空灵超脱。

三

傍晚时分，家家炊烟四起，袅袅升腾的炊烟把村庄装点得愈加静美了。人们围在火炉旁，小炭炉里炭火正旺，火炉上"嘟嘟"冒着白烟，顿时饭菜飘香，几个男人围坐在火炉边，手持酒杯，聊天说笑，让人倍感温馨。

喜欢在初春，临窗远望，屏气敛声，侧耳倾听雪落的声音，那是季节发出的轻柔的叹息声。那种声音细小，微弱，不易察觉却动人心弦，需要用心去感受，用心去聆听，才能捕捉到这动人的天籁之声，才能读懂冬天里这神圣的乐章，每一次声响都仿佛敲击着心扉，每一片雪花都仿佛飘落在心间，抚慰着困倦的心灵，纯洁着迷失的灵魂，融化和滋润着脆弱的生命。

听雪可以在树林里。"剩喜满天飞玉蝶，不嫌幽谷阻黄莺"是一种风花雪月的浪漫，能听见玉蝶挥动翅膀的声音；"忽如一夜春风来，千树万树梨花开"是一种大气磅礴的浪漫，能听到千万朵梨花刹那间盛开的声响。

听雪还可在小溪边。原来"哗哗"流淌的河水，顿时滔滔，溪水在冰底下汩汩流淌。氤氲的河面上雾气如丝如缕，轻纱缥缈，大片的雪花落在河面上，顿时销声匿迹，没有了踪迹。白雾缥缈的河面上仿佛是搭建好的舞台，那飘落的雪花就是前来表演的舞者，尽管没有律动的音乐，但雪花恣意飞舞，上下翻飞，左右跳动，尽情地舞蹈着，可谓此处无声胜有声。耳边汩汩的溪水，天籁间茫茫一片，倾听雪落的声音，倾听的是一份心情，倾听的是一种意境，在这个冰冷的季节，不妨闭上眼睛，敛气息声，用心倾听雪花的倾诉，聆听来自天空的问候。

陆游诗言："青灯耿窗户，设茗听雪落。"写出了袅袅茶香中，窗前赏雪听雪的情景，别有一番心境。清人张潮在《幽梦集》中这样写道："春听鸟声，夏听蝉声，秋听虫声，冬听雪声……方不虚生此耳。"这位雅士把听雪看成生命中的不可或缺的部分，值得玩味。

春雪，是对良莠的一种甄别，生命力顽强的，将会在雪后更加生机勃勃；春雪，是一种善意的警醒，在乍暖还寒中，提示着人们不要过早脱去厚重的冬装；春雪，是一次还原，将五光十色恢复成最初的纯真与单一。

去伪存真，单纯至诚，不计得失，春雪如此，人，也应该是这样。

夜行故乡

　　不知道什么时候，自己似乎已经忘记了曾经那条通往故乡深处的路，似乎已经忘记了那些溢满情愫的一颦一瞬。

　　我还想沿着那条曾经走过的路骑着老黄牛回家，我还想沿着那条曾经扑腾的小河抓面鱼子，我还想沿着夜色朦胧的关桥子去樊家庄看一场露天电影……太多太想。就像前两天一位好朋友说的那样，转眼间已经三十几了，本以为自己还年轻，其实故乡深处自己的影子越来越淡，故乡那些孩童已经成了大小伙，故乡的那条路已经不再泥泞，故乡的那天空已经少了很多欢笑声。

　　那些故乡深处田野乡间的大路、小路，一头系着故乡，一头系着我的心。沿着那条路我们走向远方，无论宽敞无论阡陌，仿佛那条路就是内心不可逾越的底线。从故乡走进城市，多少道路坎坷和诱惑，但故乡的路就如同一座山，屹立在我的心里，指引我前进，给我正确的方向。久居城市，若居故乡，或去看住在村庄深处的亲戚，或去村落歇宿，这样，你就可以走走乡下的夜路了。

　　最美是夜走乡路时心灵享受的那份静谧。天色已晚，人回村，牛归圈，鸟还巢，偌大的村落更显得空旷、静谧了，不耕、不挑，不驮，一种悠闲、快活的氛围无处不在。夜色中的村庄，与白昼看上去，已然变成了另外一种样子，甚至让人觉得在夜路上走的时候变成了另外一个人，沉默寡言、深沉冷峻、敏思睿智，似乎这个自己身上已经蕴含着许多在白昼中的那个你了。

如果大地铺满月光，那时候的故乡，那时候的村庄，那时候的自己，就像沉溺在一泊安谧的湖水里。若遇上一轮满月，应是自己的眼福。那月，如隐居乡里的美人或者高士，其硕大，其白洁，其光明。停下脚步，在山林里，麦垛上，在桥头边，陪它坐一坐，你的思绪，你的内心，仿佛被这淳朴的月，被这善良的山，被这亲昵的炊烟，被这入心的路统统包围，自己仿佛已经成了一抔黄土，躺在乡野深处。此刻，近山浓，远山淡，但变得模糊、柔和了许多。若两山之间相距较远，月光和雾填在其中，别有一番美感。不见瘦红，不见肥绿，也不见朴素的黄土，都是单一的、或浅或浓的灰，就像走在一段往事的回忆中。

如果没月，有星，星光照耀着乡里，虽然不及月光明亮，周围诸景幽暗、难辨，而更多地展露出夜色之美。把该隐的完全隐起来，把该现的更加现出来，夜色的浑厚与奇妙，在这星光里表现得淋漓尽致。不错，乡下还有很多的贫穷、落后、脏乱，自然，夜色绝对不会让你看到这些东西。抬头仰望星空，星空如此明晰、博大而深邃，应是乡下夜色之美中最动人的一部分，胜过三五圆月，引入多少关于生命的思考。

看不见村子里的房屋，而几家灯火越发明亮、可亲了。乡路还是看得清楚的，只是看不远，前有一截，后有一截。把脚下的路走好，不摔倒了，就行，要看的那么远做什么？即使无月，无星，无手电筒，还有无光，自天的深处射过来，还有大地之光，草木之光，自身也能发出光，这些光虽然微弱，但加在一起，足以照亮前路。不过，首先，需要你的眼睛去慢慢地适应夜的黑暗，然后去发现这些光亮。乡村和夜色也如人，都是敦实、宽厚的，不会让一个人走投无路，更不会把一个人吞没。

　　季节不同，夜行乡里的情趣也各异。春夜燥。不见花色，但闻花香，比白昼不知要浓郁多少。那花香吸入胸，那地气熏着脚，让人不安分，一边走，一边生出许多奇思妙想，甚至自己还为生出这些思想而激动。而当夜色消逝，天又亮了，回忆起这些想法，又觉得是那么简单而好笑。夏夜闹。闹是静中的闹，静是闹中的静。田畈里的蛙鸣太响亮了，像一支大合唱，说老实话，这支大合唱太乱了。你想，应该有个指挥，把青蛙以田、以村、以东西南北为单位，分声部，分段落，此起彼伏，这支大合唱就好听了，随便，在路边找一根木棍，可以作杖，扶你，做伴，陪你，随你走到什么地方。还可以做个武器，一路打草惊蛇。秋夜清。草木凋零，地气下沉，空中无尘无杂，人走乡里，空气清纯得像过滤了般，极其好闻，秋月秋星如洗，本来就比任何季节都要明亮，再被遍地露珠映照，如同白昼，美如白昼，真的，不想去睡，就这么一直在乡里走下去。冬夜沉。大地和夜色，被寒冷凝住，沉沉的，走在上面，给你一种很踏实的感觉，不闻蛙虫，不畏蛇蝎，走得很轻松而自在。你一颗心，也完全沉下去了，在它应在的位置安放着。走着，走着，整个身子都活动了，暖和了，好不舒服！

　　夜行故乡，那些一向挂在脸上的伪装和虚荣，也可卸下，丢在路边的沟或河里，没有谁看到这些，也没有人关注这些，还原一个真实的你。若嫌寂寞，找一两人同行，一路聊聊天，不见人面，只有声音在交流，更容易掏心置腹。你高兴，何妨也发一回少年狂，像一只春天的牛犊，加快脚步，撒一路欢儿，你忧伤，何妨抬起脚来，把那个硌鞋的石子一脚踢开，不要踢到路边的树身上，打痛了树，最好踢到河水里，让河水里的石子把它磨圆、挤碎。

夜静无人，随心所欲。许多人家养了狗，不乏恶狗，白昼生人可得小心三分。但在夜里，狗又弄不清虚实，只是在家门口狂叫，为自己壮胆。看不见狗，只看见两颗好亮好亮的绿宝石般的眼睛，可惜不敢去把他捡过来，五音不全，从来不敢唱歌，此时何妨高歌一曲，夜行故乡，不适宜美音，更适宜用不全的五音，老鸭公般的嗓子，把几支歌合成一支歌唱。真的说不清为什么，同样的一条路，白昼走来似乎很长，夜晚走来却似乎很短。

人走的多是上半夜的乡下，如果有机会，你一定也要走一走下半夜的乡下，譬如你可以邀人吃酒，打到下半夜散场。这时乡里夜色，像打开一个黑色的包袱，一点一点地，把它最后的、也是最好的东西抖了出来。不见灯火，月亮也落了，但路上仍然很亮，那都是平时很难一见的光，像前面所说的星光，大地之光、自身之光等，宁静布满了空气和夜色，像阳光照进水里，那也都是平时很少感到的静，睡着的，睡得那么深沉，不睡的，忙碌一夜，也要小憩了，传来不知是谁发出的含糊不清的夜语。

如果是在夏秋，聒噪了一夜的虫蛙，声音明显有些倦意了。这些已经不断减弱的声音，愈衬托其静。你走着，听自己的脚步声和心跳声，有一种说不出的感受，像个夜游神一样，没有谁在意你的走动，除了你自己，而你分明是那么在意自己。如果说，上半夜的你，还有些许不真实的地方，而这时的你，是一个原原本本、最真实的你。这样的夜行，一辈子能有几次？

偶尔，夜行一次故乡，那种感觉，真像做了一场美梦。到这里，一滴挂在心头的泪水让我变得多愁善感，此时，是否有一个人会想起我。我想故乡肯定和我一样，也在陷入沉思。

多少年来，不知道已经沿着故乡路走过多少回，叠叠沟葱茏的林木、西海子的碧波、俊秀的陈沟、雪盖的香炉山、盘龙坡的秋色、张易堡的威严，每一条深情的路都通往心灵深处。

于是，我选择了一个冰天雪地的日子回张易，回驼巷，回故乡，任风把头发吹乱。

背山而居

其实，最初对盐泥的了解，是因为我有很多朋友都来自盐泥。高中的时候，经常骑着自行车去盐泥找他们玩，于是，我渐渐熟悉了这里。

盐泥是背山而居的村庄，一条狭长的河谷蜿蜒崎岖，一条路沿着河谷伸向远处的深山，如一条蹁跹的锦缎绣在碧色的青山胸前，路两侧坐落着一排排院落，宛若一串串绚烂夺目的珍珠镶嵌在锦缎之上。

这座逶迤在六盘山下的寂静村庄，在岁月深处，记录了盐泥每一个人生命中最重要的东西，这里的每一寸土地都是他们生命的"胎记"。

在这里，春天来得最早。因为她坐落在香炉山下，春风来时，村庄仿佛披上了碧色的锦袍，闪烁着盎然的春意。

这里是与春天最先邂逅的地方。住在这里，最是山下春风暖。这种暖意，或许是村口小河边的一缕身影，或者爬在大柳树上远望山峦的身影。

走进盐泥，沿着一条笔直的水泥路向着山中走去，犹如母亲的胸怀，把每一个游子拥入怀中。每逢赶集，村里的人们沿着这条路汇入固将公路，去集上购买生活用品，交手机话费，去医院拿药和看望某个住院的亲戚。回来时，摩托车的后座上驮着从集上买回来的米、肉、菜、锄头、化肥以及给孩子买的饼干、水果、牛奶等。

村口有一个公交站牌，人们在这里可以搭上车，去往固原城里。村里上初中的孩子们在每个星期天下午都要从这条路去镇里的学校读书，到了下周五放学再回来。更大一些的在外面上高中和大学的孩子则大多在开学的时候离开村庄，学期结束时才回来。村庄对于这些孩子的期待是不言而喻的，那就是最终走出村庄。

在外面打工的人，他们从村庄出发，去到外面不同的城市、不同的地方打工，直到每年临近过年的时候回到村庄，带回一年的辛苦所得，以及给孩子买的衣服皮鞋。对于村庄，他们像一群小小的候鸟，一年一度迁徙和回归。

沿着这条路走向盐泥深处，就会路过街道。这里曾经一度很繁华，如今两边大大小小的店铺关上了门，有些许破败，街上形单影只的村民推着车、扛着铁锨、赶着牛羊，街道上一缕萧条的味道在空气中弥漫。

有时候，生命就是这样，把自己先埋进那些曾经过往的记忆当中，然后一遍遍地挖掘那些曾经在生命当中逝去的故事和人。走进村庄，这里的每一个人都和许许多多的事物有着潜移默化的联系，比如门前的一棵树，眼前的一朵云，梦里的一瞬间……此刻，风景在路上，心，也在路上。

香炉山上的太阳每天照常升起，村庄弥漫着雾蒙蒙的炊烟，宁静的村庄被鸡鸣犬吠马嘶唤醒。睡懒觉的孩子还沉浸在梦乡，母亲早已做好了饭菜，轻唤起床，小狗开始四处走动，父亲衔着烟锅、扛着木犁、赶着耕牛上了山。

在村里，不论你从哪个位置出发，最终都能到达村中任何一户人家的门前。这些连接着一户户人家的道路，像村庄的血管与筋脉，布满村庄的每一个角落。村庄像一棵树，树冠一圈一圈地向外伸展。而村中每增多一户人家，村庄的筋脉便又增多了一条。对于在村庄生活的人们，他们熟悉村庄里的每一条路，一如熟悉自己手上的掌纹。

走出村庄，沿着阡陌小路走进田野、走进大山，阳光透过树木照射在小径的路上，一股清新的气息迎面扑来。在我的眼里，香炉山就是盐泥的后花园。雨水过后，春风吹绿了村庄、吹绿了山野，把这里装扮得郁郁葱葱，让美丽和韵律在时光中不知不觉地绽放。当村庄里还以星星点点的绿意报晓春天时，香炉山下早就一片苍翠，各种枝叶和小草已经争先恐后地把绿色铺满大地，再沿着视线层层叠叠地伸向远方。就连山角下阔别已久的那棵峥嵘老树，也焕发出了往昔的苍郁挺拔。走在春风里，山脚下的杏花从浓转淡，像极了恬淡的笑靥，在春光里轻飘飘地飞上枝头，开成一朵朵灿烂的花朵。

在这里，你可以脱下平日戴着的面具，尽情流畅自己的欢笑，纵情地敞开心灵，飘逸恣意的灵魂。不必担心别人的冷眼，自己的尴尬难堪，摆脱束缚是一种灵性的风度。躺在盐泥深处，听潺潺溪流咿呀，小鸟弹琴，看小桥流水，多一份雅韵，蜂飞蝶舞，享受一份清闲。

在这里，孩子们儿时的足迹，深深烙在盐泥的埂埂畦畦、沟沟坎坎中，这里的一土一水、一草一木、一麦一谷都印刻在往昔的笑声里。朋友说，他们曾和小伙伴们在河滩、田间牧牛放驴；泗水过河挖洋芋、偷大豆；香炉山上避雨、河滩上点豆子；看父母亲们，前村后庄拾粪，半山坡上挖野菜、砍荒草，河滩垦荒……

盛夏时节，这里像一幅幅充满诗意的田园画、一首首豪放抒情的田园歌。村庄背面的山野间满目葱茏灿烂，一缕缕晶莹欲滴的豆角、一朵朵鲜艳怒放的胡麻花、繁星点点含蓄的洋芋花。河谷中间的河流畔，蒿叶瑟瑟、青草深深、野鸡钻窜、燕子呢喃、牛声哞哞……我仿佛看到了，一群群孩子在这里奔跑嬉戏，他们爬到树上掏鸟窝，他们在河沟里抓泥鳅，他们光屁股游泳，他们在河滩的草地上翻跟头、摔跤……

秋日里，乡野深处抖擞的麦穗，一天天充实而丰盈。烈日下，大地已是金黄一片。站在香炉山顶，放眼望去，金色的麦子、翠色的洋芋、粉色的荞麦相牵成趣，宛如一条层层叠叠彩色华服穿在山野之上，一片绚烂，满是壮美。走进麦田，我看到骄阳下，那些腰弯如弓的乡亲们，戴着草帽，在无边的麦浪里，背对天空，黝黑的脊背在阳光下晃动，饿了，勒紧裤带；渴了，喝口泉水。镰刀割麦子的声音，串连成一曲唯美的韵律……麦收时节，盐泥村热闹而喧嚣，大家的幸福以辛苦的方式在大地上和心灵里摇晃、传送。

大路两侧那一座座麦捆堆成的"金山"，在乡民们的簇拥下，缓缓地走向平整的打麦场。碾的碾、晒的晒、扬的扬、推的推、背的背、装的装、担的担、扛的扛、抬的抬，汗水和血水陶醉在丰收的喜悦里。

当冬雪白了村庄，远行的儿子回到家乡，大家安逸地坐在上房里，暖着火炉，看着一家人团聚便是最大的幸福。新春时节，村里的孩子接过老人手中的糖果欢喜地跑开了，老人的脸上绽放出丰富的笑容。

此刻，再次站在香炉山上，阳光依然祥和，春风仍在轻拂，香炉山逶迤起伏，新建的一条水泥路与固将旅游环线相连，两旁有挺拔高耸的绿树，宛如一条绿色的蛇静静地躺在山脚下。红瓦青砖的房屋坐落其间，片片麦地、片片洋芋，片片葱翠，片片金黄，各种景致相映成趣，一派欣欣向荣的美好景象。

置身盐泥，望着那些匆匆而过的乡亲们的身影，我仿佛触摸到他们在大山里走过的脚印，在岁月的沉淀中打捞他们奋斗一生的汗珠，包含的沧桑与辛酸，穿透时间的阻隔。他们一直都在这里。

余秋雨说，世间真正温煦的美色，都熨帖着大地，潜伏在深谷。栖息在香炉山下的盐泥，无论是从黎明破晓到黑夜月光爬上树梢，还是从初春走到四季的末尾。它都散发着自身独特的美。无论是那些淳朴的风土人情，还是自然天成的景致，无论是给予人们视觉系的赏心悦目，还是情感上的和煦温婉。盐泥的美，就像一个写满温暖乡愁的综合体，让一代又一代的人乐在其中。

温暖的河流

　　记忆深处，总有那么一条小河，温暖如春，缠绵地流淌在我的半生。每当踏进故乡的土地，我总会去留守在心灵那一处的河湾。

　　这温暖的河流，一路清风伴梦，绕过村庄，漫过浅浅的流沙，潺潺地向远方流去。

一

　　儿时，我总是特别喜欢去饮牛，主要目的是能在那条河湾里玩。看着春风携来几许暖意，河心开始慢慢地解冻，虽然靠河岸的两侧仍然残守着苍白的冰封，可老远还是听到了哗哗的流水声。

　　美丽的冰凌，有的像一串串珍珠在阳光下闪烁着异彩，有的宛如一幅幅窗花玲珑剔透地镶嵌在河边。我痴迷地守候在河湾，看着冰凌一滴滴地消融、退却、坍塌、流失，心里不免掠过了一丝伤感：消融究竟是冰凌的心仪，还是痛苦的无奈？

　　河水潺潺，匆匆地向远方流去，也在自己的身后撒下了一路欢歌。

收罢麦子种下秋，庄户人家盼来了个喘息的机会。秋色笼盖了四野，我跟着母亲挎着笼子或是背篓，来到小河湾。河畔坡地上开满了刺梅花、狗娃花、兔子花……树上的苹果尚还青涩，可杏子已经熟了个金黄，麦地埂边的浅浅的黄花刚刚绽开蓓蕾。我已经迫不及待地爬上高高的树梢上去，摘杏子、掏鹊蛋。

村落里也没有人训斥我，因为我是他们一村的外甥，姓薛的人占了他们村的大多数，我外爷就是薛家的大后人。只有那些调皮的喜鹊硬是在我头顶上来回俯冲，喳喳个不休。几只幼蛙坐在圆圆的荷叶上小憩，天空中两只老鹰在追逐盘旋，不时地发出几声沥沥的叫声。长大后我才知道，那是鸟类恋爱繁衍的季节，难怪一切都显得那么的和谐美好。

早春，枝头刚刚绽开绿芽，杏子含苞，麦苗返青，气温明显回升了。牛羊在田畔地坎上啃着嫩草，男人们在田间整地耕作。村口的大路畔，你会看见一群群碎媳妇子们，叽叽喳喳地从杏花掩映下的村子里涌出来。她们端着放满衣物的大脸盆，哼着曲调不太准确的流行歌曲，兴致勃勃地向河湾里走去。

她们一边麻利地搓着手中的衣服，一边你一句、我一句地说个不停。就像被棍子戳乱了巢的鸟儿，喋喋不休。你学你的公婆，她谈她的丈夫，我道我的邻里、她摆她的妯娌。从家庭琐事到子女上学就业，从上当受骗到意外惊喜，从生儿育女到上环结扎……

冰雪融化之时，裸露在河岸畔的红土也渐渐消融了，我们就会将那些红胶泥做成各种各样的东西，待晒干之后，便是我们炫耀的对象，谁做的红胶泥手枪精致，谁做的红胶泥弹豆更牢实，谁用泥捏的坦克更加厉害……

二

那一年，我上了高中，母亲依依不舍地送我到小河湾。水清流缓，母亲弯腰洗了一把脸，当她用手拢起那霜花般的鬓发时，我才发现了她平时少有的笑容。我折叠了一只纸船放在河水中，凝视着它颠簸地远去，直至消失，我不知道它漂流到了什么地方，也不知道它最终能漂流到什么地方，心里一片茫然。

母亲马上觉察到了我的心情，她轻轻地抚摸着我的头，语重心长地说："娃，你长大以后，也会像这纸船一样走得越来越远的，男娃娃么，总不能老守在你妈身边呀。"我小心翼翼地踩着石块，过河走了许久，几次回头看见母亲依然站在河的对岸，目送着我一步一步地走出她的视线。此刻，母亲就像一尊雕像，深深地刻在我的记忆深处，我觉得这条河流就像我早已蓄满眼眶的泪水，舒缓地从我面颊流下来，流进了我坎坷的心底。

而今，每当回忆起在城里上学的那些时光，我总会想起这条温暖的河流，清风吹过母亲朴素的脸庞，我背着母亲为我亲手炒的莜面子，怀揣着母亲卖掉兔子得来的几十块钱，一块石头一块石头地蹚过这条河流。母亲风尘仆仆地站在那里，久久不肯离去，直到我逝去在满是泪花的视线里。

三

上大学的第一年，父亲、母亲变卖了所有的庄稼，包括那头勤勤恳恳的老黄牛。家里霎时间零乱无序、一片悲凄。父亲狠了狠心，背起了那张陪伴他几十年的狗皮褥子去河南赶场。

母亲再一次在这条河流边目送父亲远去。却没有想到的是，一个月后的夜里，母亲将父亲从这条河畔用架子车拉了回来。

"你们掌柜的晕倒在甘海子边了，怕被水冲走了！"

那句话让流火的七月变得一片苍白、寒冷。母亲和我一边呼唤着父亲一边一路小跑，向着小河的最上游奔去，跑到河湾时，我的脸上湿漉漉的，已经分不清是汗水还是泪水了，嗓子像火灼一样疼痛，我弯腰掬起了一捧水喝，抬头看着母亲一行远去的身影，突然喉咙一阵滚烫，一口浓浓的血浆刚刚坠入水底，又倏然地浮出了水面，顽强地在原地打着转、许久不愿离去。这哪里是我胸腔涌出的一口血浆，分明是母亲在这河流畔守护父亲、守护我们这个家的一颗心。

父亲病了，病得失去了知觉。听他们一起的一个村民说：这一个月以来，河南、陕西等地连绵的阴雨天气，他们仅仅赶了三天的场。没有地方住，他们就冒着雨在大树下面；没有路费，他们偷偷地爬上运货的火车；他们趴在火车的篷布下面蜗了一天一夜，然后从叠叠沟走回来，到了甘海子那边的时候，父亲由于高烧不止，晕倒在河畔。

父亲醒来时，干瘪的双眼噙满泪水："我没有挣下钱，娃娃这上学学费可咋办？""我那狗皮褥子在吗？"

父亲都病成这样了却还惦记着我上学的费用，还惦记着陪伴他多年的那狗皮褥子。

我和母亲看到父亲这样子，眼泪早已淹了心。

光阴荏苒，转眼间我已经毕业，我回到县城里工作。而当我每次回家时，路过那条潺潺的河流，我的内心总有一股愧疚的激流会涌动我的全身，让我感到我不仅仅是我自己，而是父亲、母亲乃至我们整个家族的寄托。每当看到它，总让我想起那些辛酸苦涩的日子，那些日子也深深地鞭策着我。

多少个明月皎皎的夜晚，我常在波光粼粼的河湾，回想起小河汩汩流过的童年；想起母亲目送我的神情；想起父亲躺在河流畔的那种辛酸……这一切仿佛就在昨天，都历历在目。

我在寻觅！我在呼唤！这温暖的河流承载了我多少记忆，我在呼唤中惊醒，抬头望着从家乡寄来的那缕月光，仿佛也揣着一怀的忧伤。

胡麻花开

初夏的清晨，当第一缕阳光洒进村庄，一切都安静下来，村口的胡麻花开了，蓝莹莹的，沿着风吹的方向，一波又一波地摆动着身姿，如此美丽，如此动人。

村口有一块我们家的自留地，这里种满了胡麻。站在地埂边，远望对面生地湾梁，山腰有雾气缭绕，梯田层层环绕而下，绿的黄的白的，如一条条彩色的溪流，沿着山路倾泻而下，在村口那一片片胡麻花的映衬下，显得宁静安详，仿佛下凡的仙女，正舒展着长袖在空中翩翩起舞。

轻声徜徉在地埂上，我不由得停下了脚步，我被这一片胡麻花拴住了脚丫。这么多年来，我从未见过开得这样盛的胡麻花。只见一片海蓝色的花朵在风中荡漾，像流动的蓝天，仿佛是西藏深处的圣湖，起伏的涟漪就是一个个膜拜的信徒。

走近他们，定睛一看，他们仿佛又是一朵朵小精灵，手牵着手，在载歌载舞，在风中欢笑。这忧郁的蓝色世界里，似乎还点缀着点点银光，恰似小溪溅起的水花，仔细看时，才知道是每一朵花蕊最浅淡的部分，在和阳光的挑逗中，蓝了蕊，绿了叶。花儿挨着一串又一串，一朵挨着一朵，彼此推着挤着，好不快活、热闹。我似乎听到他们争先恐后地叫着"我在开花",它们在笑。"我在开花",它们嚷嚷……

一阵阵风如飘动的丝绸拂过脸庞,那么温柔、那么轻盈、那么深情,似乎风中的每一朵盛开的花,就是一个张满了口的小小谷仓,鼓鼓的;又像是忍俊不禁,就要绽开似的,那里装的是什么仙露琼浆,我凑上去,想摘一朵。但是我没有摘,我只是伫立凝望,我沉浸在这胡麻花的光辉中,思绪舞蹈着,相邀着每一个细胞,随着花的芬芳飘向远方。

当秋风扫起蹁跹的落叶,当秋雨一天比一天凉,海蓝色的胡麻花宛若一缕蓄满乡愁的锦带,挽起一筹筹田埂,淹没了村庄,停泊在乡野深处。

这颜色,是幸福的颜色,更是梦的颜色。遥望这一片充满暖意的海蓝色,我想沿着这时光之轴,走进他们成熟的时刻,蹲下来洞察他们,擦去蓝色的清梦,涂上金色的暖意。这一片片胡麻花变成沉甸甸的胡麻豆豆,摇曳着、摇曳着,摇曳得乡亲们笑开了颜。

每当胡麻花开的时节,我总会看见裹着小脚的奶奶,蹒跚地走在麦埂边,一手遮着阳光,一手轻拄着拐棍,偶尔一只手从额头放下来,用满是沧桑裂痕的手轻轻地捋着胡麻,然后小心翼翼地摘下几颗,搓了搓,吹一吹,一颗颗光亮油滑的褐色胡麻粒在手心里盯着奶奶,时而闪动着丝丝光芒。奶奶会慢悠悠地放下拐棍,蹲下来,坐在田埂边,将搓好的胡麻放在嘴里,慢慢地咀嚼。

尽管奶奶的牙已然掉了大半,但依然嚼得津津有味。看着奶奶苍老的脸庞上露出惬意的笑容,我方才知道这一粒粒胡麻在老人眼里是多么醇香、多么唯美。

　　要割胡麻了，奶奶总会找来两只破旧的布鞋，用剪刀裁开鞋帮，留下布鞋底，前前后后拴上布绳子。她说："这是我的割胡麻用的好鞋，可美得很哩！"

　　在田野里，她拖着两只小脚，长跪于地匆忙地收割着她心爱的胡麻。在她的膝盖上，就绑着那两只特制的鞋子。她说："割胡麻，搭一个人可顶事哩，割一镰就少一镰，我就是庄稼人，在家里也坐不住，来地里也能帮把手。"

　　傍晚的时候，我们将一件件胡麻摞到架子车上，然后在场里码起来。这时候，奶奶会情不自禁地看看落山的夕阳，看着晚霞映红半边天，然后指着远山："明天是个好天气，太阳韶着哩。"又看着夕阳说："太阳在对面梁上溜坡坡着哩。"眨眼间，你会真的发现那橘红的山头暗了下来。

　　收胡麻的时候，奶奶总要提两个瓦罐。一个叫"喝头"，就是解渴的茶水，奶奶在水中泡了碧绿的地椒叶子，说能解暑。一个是磨镰水，要在清水里泡上黑色的磨石磨镰。中途是不能做这些事的。所以她跪在地里连滚带爬，割得很狼狈，却努力遵守着庄稼人这一良好习俗，汗水流下来时就用衣服袖子和底襟擦。

　　奶奶回到家的时候，浑身像散了架似的呻吟不已，躺在炕上骂爷爷："跟了你，我当了一辈子长工……"可是骂归骂，奶奶是个急性子，面对着熟透的胡麻，想着来年能吃上胡麻油，自己总是会早早地磨镰刀，早早地下地，虽然走路都有些不稳当，步子却比谁都快，割胡麻的时候奶奶也比谁都能坚持。

　　奶奶说，啥时候胡麻装进袋子里，她心里才就踏实了。每年麦一黄，奶奶最心焦的。胡麻刚结豆豆的时候，她就早早地去田埂边看胡麻黄了没有，早早地准备镰刀、连枷、编麦拴子……

等到胡麻快黄的时候，奶奶就急匆匆地催着赶紧抢收、抢碾、防鼠、防雨，似乎这节气走得太快、时不我待。烈日当头，胡麻是个矮子，大家只能窝在胡麻地里，一点点地割，全身上下都暴露在毒辣辣的太阳下，晒黑了脖子和胳膊，晒脱几层皮都是平常事。

抢收时节，奶奶唯一想着的就是快而顺当地把这一茬庄稼收完。她似乎对幽远而宁静的蓝天，温柔凉爽的清风，小麦、野草和土地的气息，以及无数蝉鸣、各种昆虫的合奏，那些极淡的又极浓的、极微小又极宏大的东西都不理不睬，只是一门心思地去收割。

胡麻拉到场里后，奶奶总爱在胡麻摞周围转悠，用手试一试干了没有，翻腾翻腾看发霉了没有，似乎她看着收割完的胡麻件件，拐杖戳一戳胡麻摞，小脚踩一踩胡麻秆，能感觉到一种别样的满足感。有时候，她会一边盯着满场的粮食摞，一边静静地坐在场边上，用老式的拧车子慢悠悠地转悠着，安然把一些乱麻，拧成很长很匀的绳绳。凝目、伸臂、提腿、挺胸、加线、扯线、转杆、收线，一气呵成，似乎手里那根绳，就是对麦地经历四季的诠释，就是在数这一件件胡麻。

那样的情景让我久久难以忘怀，奶奶在暮色里，安详地坐在场边，像一个慈祥的守望者，守望着蓄满深情的土地，守望着那一脉脉土地里的生机。

在那些温暖的记忆里，奶奶对土地、对粮食、对胡麻充满了崇敬和热爱，她说是土地养活着我们。她的一生，就是用双手和爱心写在土地上的生命礼赞。而今，她静静地躺在那片胡麻地里，宁静而安详，一如她在世一样，守望一片海蓝色的胡麻花，守望着一地的温暖，守望着属于自己的希望。

此刻，每当我站在胡麻地边，那一片又一片蓝色的胡麻花，在瑟瑟的秋风中，悠然而凄美地摇曳着。它就像我的村庄一样，像乡亲们一样，像走了的奶奶一样，淳朴无言，厚实无华，从容而又坦然，宠辱不惊，不由得让人敬畏动容。这是一种甘于淡泊和寂寞的花花，它生长在这块土地上，知足而谦卑地感激着自然的恩泽，永远以一种虔诚的姿态，膜拜着这里神奇的苍穹、土地和河流。

胡麻花是那么微小，却有着如此蓬勃向上的生命张力，在这乡野深处，默默盘算着生的格局与空间。在这物欲横流的社会，谁可曾记得山花烂漫之时也有过它对生的渴望，有过它深情的微笑。

当我再一次踏着秋晨，走进这一片胡麻花的时候，成片轻盈盈的胡麻花在风中顽强地挺立着，我情不自禁地走到近前，在田埂旁与一朵胡麻花对视，那隔河的田野间，胡麻花依然洁白素雅，田野、河畔都是花朵的舞姿，风中摇曳的花朵柔曼舞姿里，仿佛一双蓄满深情的眼凝望着我。片刻间，蓝色的波浪沉醉在晨光的辉映之中，每一棵胡麻都向往着光芒，都踮着脚尖去与第一缕晨曦邂逅，流云、朝阳、树木、田畴、河流，在此构成了一幅优美和谐画面。

我伸手折下一枝长长而又纤细的胡麻花，轻轻地掸去它那秆叶上细密的霜露，将那令人心动灵物带回家中，自己的心绪也随那尚且湿润的花悠悠微动，这是何等的温馨意境啊。生命的长河是无止境的，我抚摸了一下花蕾，那里装满了真诚的酒酿，似乎是一滴滴晶莹剔透的胡麻油，闪着绚烂的光，又好似张着的帆，在这闪光的花的海洋里航行，洒一路馨香，温暖每一寸土地。

　　村口，一朵朵胡麻花在风中自由绽放，在淡淡的芬芳中，我一次次坚定了前行的步履，离开村庄，一次次奔向远方。

风过村庄

一直以为风是自由的，崇尚风的毫无拘束的奔跑在四方，田野、村庄、河流、炊烟，还有走过那些日子。就这样，风走过村庄，梳洗了村庄的每一个角落，绽放的胡麻花、摇曳的麦穗、河流里的蛙声、山峁上的老榆树……那些曾经点缀在乡野之间温婉的景致，随着飘逝的秋风，渐行渐远。

日子一天天走过，随着指缝渐渐流淌，那些能言语的不能倾吐的万物。时光的韵律就这样演绎齐奏，那些在土地深处的气息里，悄悄地开始吸吮着母亲的乳汁，他们为村庄感恩而来，庄稼开始开花抽穗，孕育分娩，一刻也不停歇，夕阳下的袅袅炊烟安然悠闲地飘升，消散在白云之巅，凝聚成蓝天下的云朵。

风轻盈得如一丝逃跑的温柔，渐渐地在乡野深处奔涌而至，绽放的心情如盛开的野菊，不知不觉地装满山野，而他的表情，只是坐在场里的石碾上抽一袋旱烟，发出呲呲的声响，响声能感觉出他满足的放松和思考的深沉。

在秋日下午，徜徉在田野深处的一个山峁上，遥看风韵的大地，放眼望去，满垄的金黄铺展到田野的每一个角落，山野的金红，张扬着秋阳的颜色，涂抹得灿烂一片，是谁的丹青妙手，把村庄装扮得毫无痕迹。动物背负掠夺的果实，漫山游走的姿势也臃肿了，等待偿还村庄的债务，报答村庄的恩情。

风经常或热烈或平静地给村庄带来新鲜的气息，为一些浮躁的心灵送来清新的语言，让大地的身体更加丰满，让镰刀和锄头去追赶一些稻谷和蔬菜的香味，用炽热的语言与简朴的日子和平凡的生活对话，让清凉的歌声在月亮与泉水窃窃私语里荡漾。

风行于野，风亦行于心灵深处，一次次在山野间追逐，让榆树与草地在感受成熟的气息中，着上金黄的色彩，向广袤的天地虔诚地献上村庄斑斓的心意，让生命在这个最灿烂的季节充满热烈的情感，并用成熟的语言记载下村庄对生活的热爱。

那些流浪的风，演奏着一场古典的盛宴，就这样一次次吹落一些生命的叶子，却让另一些生命在叶子跌落枝头的一刻具有了崭新的含义，生如夏花之绚烂，死如秋叶之静美，让所有的生命因了风的砥砺而更具诗的意蕴。

风走过时，我们收获了最后一滴汗水，风便开始为村庄做彻底的清理，它将那些趋于枯萎或死亡的生命埋进泥土，给大地一份厚重，还蓝天一片纯净，然后走入冬天的梦境。

在村庄深处的一个角落，看风吹时光的每一个瞬间、每一个节奏、每一个岁月反刍，分娩的村庄开始消瘦，村庄的丰满和精华大多流进了城市，余下的收贮在村民的大缸小罐，田地里只残留着禾桩和赤裸的土地，树木也光秃着躯干，村庄变成一头被宰杀的牲口，满地的落红随风流动，仿佛飘浮着血的腥气。村里的房屋也从树木中裸露出来，穿着单薄的秋装，一阵凉风吹来，还颤抖地哆嗦起来。

村庄里，时光让老农额头的皱纹又深了几道沟，村落的那头，今春娶进门的小媳妇，脸上的水灵也失去了近半；村落那头，老黄牛干瘪着皱褶的皮肤，悠着尾巴咀嚼干枯的稻草，似乎要与稻草比出谁更枯瘦；村口的路上，几个孩子，比去年又高出了半个头，还有几个小伙子和几只牛犊成熟得更加健壮，像几面旗帜，猎猎地迎战秋风。

在一次次风走过的日子里，我们的村庄消瘦了，消瘦得只剩下一副骨架，一副逐渐苍凉的、可怜的骨架，一副不惧冰雪、傲然挺立的铮铮铁骨，直抵寒冬。就这样，一次次的，风儿撩拨着村庄的情感，一切事物都借着风的温情生发出很多浪漫的情节，村庄焕发出蓬勃的生机，在风儿柔柔的抚慰中走向夏季。风在四周青山隐隐的怀抱里翻卷着，杂树掩映的村庄，如一座座绿色的小岛，在金黄色的波面上摇晃着，用溢满麦穗喷香的语言向季节抒发着饱满的诗行。

我一直觉得，在奔跑的风里面，蕴含着我们最淳朴的况味，总是翻滚出黄土最原始的情味，如同乱了韵律的诗句，没有规则地向我袭来，让我无法抑制地激动，去寻找一些遗失在岁月里的歌谣。

漫步、奔跑、游弋……时光把我们带进村庄，带那些久远的记忆，我看见村庄错落在山林墨绿色的背景上，如一叶小舟被月光拥着，绾着夜的臂弯，一种柔情倏然而来。暮色时分，一束束灯光被繁烁的星星熄灭后，村庄枕着山林的松涛声安息了，这时，秋风停了，山川一片静穆，显得异常宁静而安详。不知是谁家的鸡被噩梦惊醒了，突然一阵嘶鸣，惊慌地叫了几声，然后就消失了。小巷深处的犬吠显得有点疲惫，似乎从远处的黑洞里传出，那三两声清吠，一种懒洋洋的感觉。

在村庄，我们会伏在大地之上，仔细倾听那些晚上最微小的声音，那么清晰、那么纯正、那么响亮、那么干净，蛙声、蝉声、蛐蛐声，此起彼伏，交叠重复，如一曲天然合成的夜曲，轻快与舒缓交织在里面，含满了柔情。偶尔会有婴儿梦惊的啼声，也瞬间被母亲的乳头堵住了，满足地抽泣着，婴儿吮吸母乳的声音，甜美地渗进夜里。此时，村庄独特的声音，是那么美妙、和谐地吸引着我，让我身心熨帖。

或许这触及我心灵深处的一个角落，那里充满了憧憬的记忆里，这些声音，使我突然想到很久以来丢失的声音，竟然源于一个朴实的村庄。以至好些年来，我在许多美好的声音中行走，而只有村庄的这种声音，让我的灵魂能够获得一种安适的心境，让我在宁静中聆听生命行走的声音，是如此真实地存在着。

其实，风走过的地方，我们总是充满希望、蓄满感伤、装满情怀，在安静的夜色里，看月光将老槐树的影子拉长、缩短，再拉长，白天一切浮躁的事情，便都在村庄的声音中找到了暗示和觉悟，然后，开始将那些虚浮的梦幻与月亮一起挂在枝头，或者沉入池塘，一个永不变调的声音便在村庄的静穆里凝固了。太阳将热情倾洒在土地上，田野躁动的情感如炙热的火焰，耗尽身上仅有的一点水气，这时有风骤来，带一阵清凉的雨，硬把村庄清洗得碧绿透明，不染尘埃。彩虹总是适时地挂上天空，与风开始一次亲密地接触，使得村庄愈发风情卓越，清秀旖旎。

风走过村庄、走过大地、走过天空、走过每一个留下痕迹的地方，一次次走过记忆深处的那些片段，走过一段路、一座桥、一条河流、一片荞麦地、一个朴素而深沉的情结，在那里拥着清新和自由，在四季的更替中，延续一段人间的美好，叙写时光深处的另一段真情，引领我们不断走向物质和思想上的成熟和丰富。

闲话张易

"你是哪里人？""我是张易人。""哦哦。"每次问过张易人的那个人，走过后总会来一句"张易好进难出"。这曾经长时间来萦绕在张易人的心头，很多时候还会被别人误认为：张易人麻大，不好打交道，有点斤斤计较，有点睚眦必报。

其实不然，"张易好进难出"其实是一句古话。这个说法自古流传，流传久了，便变了味；口口相传，传的人多了，便变了调，也会转意和引申，这不值得惊奇，也无须在意。

一

张易镇位于宁夏回族自治区固原市原州区西南部，六盘山西侧。辖张易、毛庄、贺套、田堡、闫关、黄堡、南湾、上马泉、盐泥、陈沟、大店、马场、驼巷、宋洼、红庄十五个行政村，镇政府驻张易村，距固原市区三十八公里。最早，张易和红庄是两个乡，后来合并在了一起，两兄弟手牵手走进二十一世纪，成了张易镇。镇子位于美丽的葫芦河畔，毗邻隆德、西吉两县。

张易镇上最出名的莫过于老街，老街历史悠久，南北走向，长约 2 公里。俯瞰老街，南北纵穿，迂回曲折；铺面相对排列，鳞次栉比；张易镇有着悠远的历史，从秦汉时期到现在已经近千年，张易镇所在地以前叫作张易堡，原名张义堡。《方舆纪要》记载："张义堡，在州西南六十里，宋志，张义堡本名安远堡，熙宁四年（1071 年）废，入开远堡，五年（1072 年）置张易堡，仍属镇戎军，金为张易寨。"

这里历来是一个兵家必争之地，千百年来这里也是重要的关口要塞，著名的宋夏"好水川之战"就跟张易镇息息相关。历史记载，"宋庆历四年（1044 年）宋与西夏好水之战，镇戎军（固原）西路巡检常鼎、刘肃与夏军战于张家堡（张易堡）南，夏人弃羊、马、驼佯装败北，诱宋军中计之地"。宋军正是由于在张易堡占了小便宜，才导致整个战役的惨败。

二

伫立于张易堡下，抬头仰望着这巍然屹立于山上雄伟的堡子。眼前的它，若一条高十几米，厚近十米的卧龙，蜿蜒盘旋于山峦之中。我缓步在堡子上走着，感受那种远古的气氛。一阵山风幽幽地吹过，在空洞的堡垒里荡起呼呼的回声。我侧耳倾听，似乎听到了战马在长声嘶鸣，将士们吟唱"秦时明月汉时关，万里长征人未还"。

史料记载：张易堡，建炎四年（1130 年）陷金，后改隶镇戎州三川县，升堡为寨。前边提到的累官金尚书左丞张中孚，金吏部尚书、宋国公张中彦兄弟正是在这个当口上名满天下的。"但使龙城飞将在，不教胡马度阴山。""琵琶起舞换新声，总是关山旧别情。撩乱边愁听不尽，高高秋月照长城……"如今远古的烽火虽化云烟，但雄浑的炎黄之音却凝成不朽。

在张易，不仅诞生过金尚书左丞张中孚和宋国公张中彦俩兄弟，也曾有丝绸之路的商埠、北魏石窟等。古代的张易堡，是古代地方昌盛、商贾云集和作为商货疏散基地的佐证。

再从解放初期，到改革开放来看，张易的木材、皮革交易和现在的农贸繁荣，都说明张易是一个商业发达，能够接纳往来商客，也能令客人自由出入的地方。

在张易镇工作过的人，或在张易做过生意的人，一定都听说过"张易堡的门，好进难出"这句话。也许这句话使预想和张易人结亲交朋友的人，以及路过张易街道的人都心存余悸，这点，连张易镇的人也自知三分。

因为这句话通过历史的延伸和事态的演变，不断淡出，又继而重现，在人们心中留下了疑问，存下了顾忌，误认为张易堡的人难缠，不好交往。

三

张易堡的门是否好进难出呢？

那么，张易堡的门为什么好进难出呢？这句话乍听，有是非之嫌，那我们就只好先从是非谈起。张易堡的门，就像历史之门、人世之门一样，好进难出。张易堡故城，东依玉皇山而建，雄踞六盘山西麓的张易川交通要口。

我想，曾经来张易办正事，做生意和任职做官的人，他们都知道哪个门进，出哪个门。

张易堡有座新土堡，屹立于张易镇南葫芦河畔名叫堡子山的丘陵之上，它与残存在镇北玉皇山左右两侧的张易堡故城遥遥相对。站在张易镇新建的仿古建筑群里，向南北张望，令人有置身于古今缝隙中的感觉。新旧两座张易堡，你看着我，我望着你，它们的目光都是肃穆的，也都是疲倦的。

张易堡新堡约建于民国十八年（1929 年），当时土匪王占林盘踞六盘山西麓，掳掠当地居民，给守备带来了无尽的忧患，因此官军动用民工，当年在旧堡以南葫芦河畔的丘陵上筑起了这座新堡。堡子山三面独立，居高临下，可了然各往来通道，也可俯视全部镇街。这座堡子的建立，一定与"张易堡的门，好进难出"有关。土匪的凶险与国民党守军的残暴令过往行人苦不堪言。

1936 年，当年红军长征将台堡会师和红军西征都来过这里，他们留下了许多佳话，也撒下了不少革命种子。现在张易镇的马铃薯种植面积广，个头大、产量高，淀粉含量很高，远销国内各大城市。到了马铃薯丰收的季节，外来采购的商人和车辆络绎不绝。

张易堡新堡，现在保存比较完好，约五千平方米，东墙设门，女儿墙上可见射击孔和瞭望孔。据当地知情居民讲，堡内墩台下有暗道直通山下峡谷，但由于挖筑时比较隐秘和后来地质变动，至今尚未发觉洞口。

我想，张易，这个丝绸之路上的小镇，这个历史中占据重要地位的古镇，必将成为铭刻在心底的丰满记忆。

回望上滩

有多少条道路可以通向往昔的上滩村？我知道，跟着一条弯曲的漫长道路，可以回那里。

在村子里游走，上滩村，湛蓝的天空宁静致远，她安静地屹立在张易镇东部，六盘山西麓，风景秀丽，天蓝水清。

回到上滩，心里总有一种宁静，那种宁静就像你我躺在天地之间，无欲无求，尽情地享受大地的温暖，静静地聆听大山深处的呼唤。

站在这里，想起香炉山下，春草葳蕤至遥远的天际，一抹没有际涯的邈远苍山。不自觉地人会走进去，走回空寂的旧光阴里，苍蓝远山外，是老去的故乡。或缀满朴素简约的蓝色花朵，繁花匝地，对着漫天的白云。静静凝望着，有风倏忽吹过，木树摇曳，流水荡漾，响起的是无边的涛声。飞鸟歌唱，草虫低鸣，从草木间漫而出。生满苍苔的屋舍、光阴一样苍茫的故人，会从蓝色的草木花朵间渐渐清晰。侧耳倾听，仿佛听得见他们的欢悦与叹息。

站在香炉山下的上滩村，远山一片枯黄，天地交接的山顶恍若落下一场新雪，覆盖住草色树枝，一条青碧的河，把田野缠绕，比天空更蓝。疏落的枯枝，或有一只飞鸟在雪中显现。远山渺渺，两三星点，是风雪归人。

走在这里，沿着一条水泥路，过盘龙坡，或者是沿着一条溪流在前行。在这里盘桓并非无暇，阳光铺洒下来，一切都是宁静的。上滩村的一切，都如昨天我曾在这里走过，村落的炊烟、村落的犬吠、村落的呼唤，随着时光的淬炼，变得如此锃亮。

其实，在大山深处，大地底色总是那么朴素，那些秋意消逝冬意来袭之时，我好像沿着村庄的每一个砖瓦房，沿着每一声鸡叫声，沿着每一个熟悉的背影，用那双日渐成熟的眼睛看日出日落，仿佛自己就在抚摸着大地。

在上滩村，我眼睛所触及的一切，都是我期待的样子，也是我想象的样子，没有谁刻意地修葺着物事，总是把一切交给时间，交给阳光、雨露，交给风声与节令。流水恣意地流过田野，蜿蜒着没人知道方向。风把一枚种子吹到山谷，或是一片麦地，全随风的方向。那些如草木一样茂盛的孩童，也是双亲无意间，给大地的馈赠。

回到这里，我思绪早已混乱，看到地里拖拉机轰鸣，大家在地里挖洋芋。我想着一粒粮食的道路有多长。乡亲们撒下了种子，在无尽的汗水与劳作里，雨露将它滋润，阳光让它生长，在一场秋风里收获进农人的谷仓，又在一口铁锅中完成最后的涅槃，盛放在碗中，散发着迷人的芬芳。经过漫长的时光与道路，终抵达我们腹中。

那些父老，他们出生在这里，劳作在这里，终将埋葬在这里，如这里生长着的草木一样荣枯。他们终日的劳作，人间所有的欢笑与苦痛，终不过是填满吃饭的碗。当他们从田野间归来，那些做好的食粮与菜蔬，会盛放在碗内，热气弥漫，散发着芬芳。这些菜蔬与食粮同样来自这片土地，朴素而芳香，与大碗的气质正相切。他们同样粗糙的手掌捧起它，一碗面或一碗菜蔬，很快就填饱了他们饥饿的肠胃，打着饱嗝。我们的父老乡亲们，粗鲁朴实而静默，暗色的面庞，与蓝边碗并无二致，有时让我分不清他们，仿佛他们是兄弟。

在这里，我会想起那些苦难的岁月，母亲总是愁容满面，暗自叹息，父亲只是闷声地不停劳作。每每忆起，总是满是苦涩。苦难的日月，与光阴一样看不到尽头。

其实，我想不管你身居何地，你依然和他们在一起，与黄昏里的炊烟、冬日里的炭火、母亲的呼唤，有着相同温暖的属性。那时候，我喜欢在田野里同小兽一样四处游荡。与天空中的飞鸟，田地间的昆虫走兽相比，我们并没有什么不同。田野无边无际让我们好奇，草木与庄稼散发出的芬芳让我们迷醉。

夕阳漫天、炊烟四起的日暮，母亲的呼唤声，总在晚风中响起。让我想起母亲慈爱的目光，想起灶间燃起的红红火焰。

在六盘山下的上滩村生长着太多的草木，也生长着不尽的忧伤。我曾看见那些在这里生存的人们经历了太多苦难，他们没日没夜地辛劳，整日蓬头垢面、衣衫褴褛。儿时，我曾经一次次满含泪水，凝望着我的父老乡亲，看着他们一个个如一叶浮萍，离开这里，去上海、深圳、广东、福建……那是一条条漫长的打工之路，无论多少年过去，身后有故乡、身后有亲人，不管是荒芜还是亡故，生命都伫立在这里，生命的意义就停靠在这里。

其实，我感觉再一次回到上滩，留在心底更多是寂静，如幽深的湖水与望不见尽头的光阴。就静静地立在那里，不言语，只任凭尘土将它们覆盖，面容在光阴里斑驳。

在上滩，我看到太多太多的事物，让我蓄满感情的闸水喷泻。草垛、炊烟、小路、洋芋地、吃着洋芋的大姐、牛叫声……一切的一切都同样拙朴、粗粝，保持着泥土的属性，有着只属于村庄的气质，任何一处、任何一瞬间，都让人想起往昔的田野与村落。

杨树长长的倒影，会映射它的周身，树影摇摇，风吹树响，西北风流过山间。有飞鸟的歌声响起，摇曳在村庄的天空，如流水清澈。也有月光投射进来，映照着黑暗中沉默的一切，一碗来不及喝光的河水水光闪烁在碗中，有明月一枚。剩下的是无边无际的夜空，比人世还要漫长。

其实，这么多年，我一直融入不了城市喧嚣的生活，保持着乡间素朴的生活习惯，甚至说不好普通话，满口饶舌的乡音。我穿不惯那些华美昂贵的衣裳，穿在身上，总让我如坐针毡。

来到城市的第一天，我就日日想着哪一日能逃离，早早不为生活奔波，而回到生养我的那片乡野去，与草木、流水做伴。看见那些来自乡间的物事，凝望着，抚摸着，总久久不愿离去。

村是一个人，在光阴里生长、繁茂又凋零。忽然之间，青碧的田野枯黄、苍凉。森森的草木高过屋，青瓦覆盖一层褐色的苍苔。农具被磨得雪亮，水瓢与铁桶生出裂纹。

在上滩，心灵一次次游弋在漫山遍野，勾起太多思绪，让人心神黯然。其实，人和每个事物一样的是，他们都有一副被时光摧残的斑驳面容。

过叠叠沟

大地蒙眬，晨光熹微，道路列树，惠风和畅。多少回在六盘山下的叠叠沟山路上盘桓，走在熟悉的路上，看着熟悉的景色，爬上十字大梁遥望山野，在阴阳卞的溪流边驻足，我会被这景色深深吸引。

其实，之所以想起叠叠沟，是因为最近的一场火灾，它牵动起我对叠叠沟的想念。不知道她是否安好，是否如初……

蒙眬中听到了雁过留声，回村村庄边，回到叠叠沟，又想起那座高山，想起清澈的山溪，想起飘香的狼毒花……又想起连绵起伏的群山，想起九曲回肠的小路，想起青春洋溢的一张张笑脸……

从故乡出发，沿着固将公路盘桓而上，登上红庄梁。站在这里远远望去，公路如练，似七仙女的裙带，轻盈绵长，飘飘欲飞，萦绕在山顶和山腰。然后，七仙女舒展广袖，直接把裙带铺就了红庄村的街道，缠绕着山村，连缀着家家户户，小山村显得曼妙而美丽。远处的梯田上长着拔节的麦子，平展如毯，碧如绿玉。风吹禾动，碧波涌起。戴着草帽的村民，在田地里或耘苗，或锄草，或施肥，勤劳耕耘，朴实无华。拨弄着希望，期待着收获。

翻过红庄梁，叠叠沟的记忆从马场边的山林开始迈步，一条潺潺的河流像是从两山之间挤出来的，幽静而绵软。沿河向右拐一个弯，便就进入了一个宁静的世界。路两边的青山高大雄伟，植被绿意盎然，河在两山之间难得的空隙里潺潺流淌，清可见底。山谷间蝉鸣不绝，鸟鸣婉转，空气里也夹杂了不知名的花香、草香，清新扑鼻。人就想忘记了终点，想要在这样路上一直走下去。

峡谷很长，公路不停地拐弯，伴随着坡度的起伏，公路两侧的山就缓缓拉开了距离，像是张开了喇叭，平地由窄渐渐变宽，却有一个巨大的拐弯，这就是传说中的阴阳卞。对面是一片片树林，迎面是一条河。走在这里你会发现，河到了这里是呈"S"形，流出了一个荡气回肠的大弯，形象地把这里画成了太极八卦图，阴阳鱼首尾呼应，相互环抱，因此一河两岸也是你中有我、我中有你，分不清谁是阴坡，谁是阳坡。这里由于常年处于阴暗地带，路边积雪很难融化，或许正因于此，将他以阴阳相称，这里也是交通事故多发之地。

公路再往前，山似乎又亲密了，眼看着是要贴在一起了，却又害羞地腾出了一条沟的距离。行路至此，浑然就有种与世隔绝的感觉：头顶的天仿佛就是搭在山顶，高远却又压抑，路的前方只能看见往左拐了进去，又不知道拐到了哪儿？

试探性地拐过弯去，却是一片松树林，水流在这里有了落差，哗哗的声音从林里传来，似乎就进入了一个武侠小说里高人隐居的地方。胆战心惊地穿过松林，左手边便就有一条沟汇入，也是哗哗地流出水声。

这里叫"调皮沟"，记得小时候好像叫作"皮条沟"，那时候我跟着哥哥和小伙伴们在沟里打蕨菜、挖党参、黄芪等药材。沿着沟一路向前，里面豁然开朗，别有洞天，两侧有杨柳依依，空谷之间有松柏相映，似是神仙修行之地。山自成一体，巍然磅礴，树参天高立，枝繁叶茂。

一路沿着叠叠沟顺势而下，山势分久必合，合久必分，过了和尚沟口，距离便又被拉远，有两条沟在这里汇合，两沟交汇的地方呈圆润的三角形，叫作：太阳迟。

记得小时候父亲经常牵着马、担着担，来到这里割柴。这里有筷子粗的"梢子柴"、也有"蒿子柴"。以前人们常说"吃馍不吃包子，割柴不割蒿子"，"蒿子柴"不耐烧，"梢子柴"难割。记得父亲那时候一次拿着一把短镰和一把长镰，从山下往上一棵一棵地砍"梢子柴"，最后把砍下的"梢子柴"向一个小沟道处集中，然后从上往下"打卷卷"，不料下边有酸枣刺阻挡着，便坐下用两脚往下蹬。由于使劲过猛，"唰"地连人带柴滚了下去，胳膊上、脊背上尽是划伤，好不心酸、狼狈。不论割草、割柴，最后都要马驮、父亲担，马左右两垛，父亲前后两垛，柴草捂得头上的汗水唰唰地流，用手抹不干，眼睛难以睁开，小时候打架把这种状况叫"王朝马汗"。终于上到了乏牛坡上，把柴草"腾"地往坎上一放，长长地一声"嘘"，吹吹风，擦擦汗。

想起这些，我不禁揉一揉湿润的眼，那是泪。如今，游弋在青山之间，南山北岭，东尖西坡的苍松劲柏，密密匝匝。是一沓沓的油绿，是一堆堆的翠绿，不知名的一团团一簇簇的野花，在山间竞相开放，香气盈谷。跳跃在树梢上和花丛中的小鸟们，东瞅西瞅，叽叽喳喳，啁啁啾啾，怡然自得。蝴蝶衔花瓣舞动，蜜蜂吮花蕊翻飞。各取所需，忙忙碌碌。

　　碧蓝碧蓝的天空，仿佛刚被清水洗过，一丝云彩都没有。初升的日头，像待嫁的姑娘的脸庞，透红透红。一根根金丝般的阳光从草木缝里丛林罅隙中穿过来。在这里，真想依山而居，建一座小屋，青堂瓦舍，房前屋后，树木参天，阴翳蔽日，轻妙阒静，躲俗世于千里之外。

　　二十多年前，我们多少次路过这叠叠沟，或忠诚所至，或激情使然，或理想驱动，或出于无奈，离父母，别故乡，八千里路云和月，在那片黄土地的怀抱里，有人三年五年，有人十年八年，还有人永远不再回来。毕竟，我们生命的一部分，那最蓬勃、最精彩、最绚丽、最辉煌的一部分已经不可更改地留在了故土，我们的青春已化作了青山里的林木，溪流边的泥土，夜空的星辰。

　　然而，无论怎样变化，无论如何矛盾，我都始终坚信，如果某天，我再一个人走在那里回忆过无数回的路上，虽然大多数的人是不会认识我了，但我却一定还熟悉着那里的一草一木，一山一水。因为她时常在我梦里出现的时候，都是让我无比留恋和怀念的模样。

　　我不禁伸展双臂大声吼"我来啦……"，两面的山谷在回应"来啦、来啦……"，那么地悠长、缠绵、激情！我的两眼含满了泪花！

九月过后

九月，一股风从乡野深处吹过。

冬日凛冽的寒风还是挡不住暖阳，站在村口，看着暖阳下暖墙根的老人们，男的高谈阔论着时事政治，女的絮叨着家长里短。

其实，渐冷的九月，村里的人们开始闲了，岁月愈老，人心愈旧。在光阴的故事里，往事渐渐远去，可蓦然回首，那段旧时光依然那么清澈，那么难忘。火炉的温暖依旧留在我的体内，我的心上……

乡村的步子只要迈进入冬的门槛，浓浓的年味便溢满每一个角落，到处弥漫着欢畅的气氛。

九月过后，总能见到村口那些扛着大包小包的人。那是在外工作、读书或参军的人要赶回家过年了。那些归巢的倦鸟，大地上最温暖的足音，总会在我们的耳畔踏响。

我想，这些奔波回家的人，总是最幸福的人，因为你们有故乡，有亲情在村庄流淌。村口，也多了一些期盼的人。乡亲们期盼着那些在外打工的儿女、上学的儿女，或者多年客居在外，准备回老家过年的亲人。

一

九月，炊烟早已从老家屋顶的烟囱扶摇而上，那口土灶里的柴草早已噼噼啪啪地为他们烧旺。母亲那热腾腾、香喷喷的饭菜早已摆上了桌……

其实，我想着，这袅袅的炊烟，恰似最美的家书，寄托着浓浓的乡情。母亲终日侍弄炊烟，炊烟就是飘荡在游子心头那份久违的亲情，就是浪迹天涯的终点。老家的炊烟犹如一方轻柔的手帕，是母亲的缕缕白发，是亲人踮得高高的脚跟啊！有什么能比得上炊烟？游子看见炊烟，就有了歇息的释然。

九月过后，最忙的也许是女人。她们要为全家人准备过年的穿和吃。女人，是乡村里绽放的胡麻花，鲜艳着，热闹着。她们一边干活，一边打嘴仗，常常引来一片笑声，辛苦的劳作也就有了一点轻松。冬日的太阳便在这有滋有味的忙碌中慢慢地落下山去。

走进故乡，小时候那种纯净的喜悦又在心里复苏了。那种古朴的、绵醇的只属于冬的味道扑面而来……冬季的故乡，觉得才更像个年的样子。

九月，走进故乡，男人们找一个温暖的地方，喝一杯热热的老酒，拉一拉家常，心中就变得异常滋润。放了假的孩子们给宁静的乡村增添了一分喧闹。当你回到乡下，大地上的积雪还没消融，那暖暖的气息早已驱散了冬日的余寒。

此刻，我想着过年前的一幅幅场景。傍晚，各家各户的对联都贴起来了，入眼的是一片传统的中国红。乡下人把对来年的希望寄托在大红的春联里。天还没黑透，许多人家屋檐下高高挂着的红灯笼，就急急地亮起来了。整个村子便笼罩在浓烈的过年的气氛里。到了子夜时分，噼噼啪啪的鞭炮声、爆竹声此起彼落，打破了夜的宁静，唤醒了新的一年。

天增岁月人增寿。这一年的日子说过去就过去了。村里的人们，走上那座老桥，觉得桥还是原来的桥，河也是原来的河。年年岁岁，岁岁年年，老桥依然安静地坐在那里，朝看日出，暮送晚霞。

村人明白，尽管总有些东西无处追寻，总有些故事注定飘散在风里，但内心积淀的那些曾经明媚的日子依然可以清香如故。冬日的天气是如此的好，走在充满人情味的村道上，心情也随了春天一样灿烂。

二

九月过后，最难忘的，最熟悉的，就是母亲的脚步声了。那沉稳的、细碎的、杂乱的、焦急的脚步声一直在我的耳畔萦绕，那么亲切，那么令人回味，在我看来就是世间最美的声音了。母亲是勤劳的，是善良的，是慈爱的，用勤劳的双手撑起一个家，也给了我一个幸福的童年。时至今日，母亲那熟悉的脚步声不曾离开过我，回想起来便会心生温暖。

听母亲说，我出生的那年，正好赶上几十年不遇的大旱之年，村里人吃水就成了问题。那时，全村上仅有一口水井，又赶上了大旱之年，井里的水位是很低的，整个村子里面临着吃水难。村民们都争着抢着去井台挑水，水井边挑水的人络绎不绝，排着很长的队。父亲外出谋生，家里的重担就落在了母亲一个人的身上。我那时才几个月大，母亲要照顾我，还要抢着去挑水，经常是排了半天的队，就能听到我睡醒后的哭闹声。

　　水井就在我家院子的前面井渠里，只要我一哭闹，母亲就匆忙地跑回家，那脚步声就像雨点打在窗棂上，发出急促的、清脆的声音。因为白天我哭闹，母亲只好半夜起来去挑水，半夜里挑水的人少了，就不用再排队了，但是黑天是很不方便的，趁着月色只能摸索着打水，那时的水井都是旱井，要用水桶，一桶一桶地往上打水，一个女人在黑夜里挑水，其中的艰辛是可想而知的。等母亲挑满一缸水时，已经累得气喘吁吁了，挑着水的脚步声已经变得很沉重。现在母亲老了，说什么也不跟我来城里居住。母亲说，家乡的空气好，况且家乡还有那些淳朴的村民，她离不开家乡，离不开留下她无数脚印的路，还有回荡在山谷里的脚步声。她说，她的根在土里。

三

　　九月，我想起童年九月的一场病，那一年，我十岁。母亲心急如焚地抱起我，母亲是背着我奔向几里外的卫生所。母亲本就瘦小，又背着我走了那么好远的路，其中的辛苦可想而知，等到了卫生院，母亲已经累得气喘吁吁了，那脚步声也变得更加的沉重了，真的很难想象瘦弱的母亲有着怎样的一种毅力。

　　我躺在病床上，高烧使我处于半昏迷的状态，迷迷糊糊中，就听到母亲沉重的脚步声跑着。那脚步声十分急促，像雨打残荷，还夹杂着母亲急促的喘息声。母亲恳请医生快些给我看病，看着病床上因高烧而昏睡的我，母亲是急切的，母亲是心疼的，一种浓浓的母爱在心中升腾。我能感觉得到，母亲握着我的手，一滴滚烫的泪滴在我的手背上，浸润在我的心里。从那时起，我在心里暗暗发誓，一定要好好学习，将来一定要让母亲过上幸福的生活。

那年的九月，母亲忙前忙后，急切的脚步声一直在我的睡梦中回响。那脚步声不一会儿又渐渐远去，消失在病房里。过了一会儿，那熟悉的脚步声又重新响起，越来越近，越来越轻，我的意识慢慢地清醒了过来，看到母亲提着饭盆回来，母亲是给我买吃的去了，母亲把方便盒放到床头柜上，用长满老茧的手递给我一碗饺子，快点趁热吃，吃饱了病才能好得快。那顿饺子是我这些年吃过最香的一次。回想起来总是让我倍感幸福，这些年无论遇到什么困难，都让我拿出来怀想，给予我力量，给予我信心。

那时候家里穷，家住在大山沟里。母亲打蕨菜、挖药材，无论挣钱多少，只要能换来的钱，就起早贪黑，风雨无阻。母亲的脚步声从不肯停下，轻快的、稳健的脚步声在大山谷里回响。

有一年，天气好，雨水足，山上的蕨菜丰收，收购价格也非常诱人。那一阵母亲天天都是早早起来，给家人做好饭，她自己却常常没吃早饭就拎着背篓上山打蕨菜去了，天色渐暗，背篓里装着满满的绿油油的蕨菜。母亲很累，但她看着蕨菜，流汗的脸上挂着笑容。虽然很累，可那脚步声是轻快的、稳健的，因为母亲仿佛看到我们的新书包、新课本，心中是很欢快的。

后来，我考上了大学，母亲自是十分欢喜的。说她这些年的辛劳没有白付出，终于有盼望了。那天早上，我要离开母亲去大学学习了，早上我醒得很早，蒙蒙眬眬中听到母亲一阵阵错乱的脚步声，时远时近，时清时淡，我翻身坐起，妈，你在忙什么呢？一会儿车就来了，我早点给你煮几个鸡蛋，路途这么远，带上鸡蛋赶路。我带着对生活美好的向往，离开家乡，母亲执意送我到村口，嘱咐这，叮嘱那，母亲是放心不下我，那永不停歇的脚步声就在浓浓的乡村里回荡。母亲的脚步在那泥泞的土路上留下了深深浅浅的印迹。

四

九月将近，又听到母亲熟悉又急促的脚步声，只是如今的母亲苍老了很多，头上也添上了白发。每一丝白发写满母亲多少个日日夜夜的辛劳。沉重的脚步声包含着母亲多少个浓浓的爱恋。这些年来，无论我走到哪里，母亲的脚步声总是紧紧跟随，萦绕在耳边。那声声脚步包含着母亲浓浓的爱意，回家，因为家里有母亲的呼唤声，无论你身在何方，无论回家的路途有多遥远，无论路上会有什么险阻，那浓浓的思乡之情，谁也无法阻挡，只想回家，再吃上母亲做的那可口的饭菜，再听一听母亲含着浓浓爱意的脚步声，馨香、淡远、绵长。

九月一过，家里的火炉就派上了用场。一大清早，家里会将火炉子中的陈灰倒掉，在炉子底部放一些木屑，然后用火剪从灶膛里取出燃烧后的树枝放在上面，再用小锹子翻压一下，盖上炉盖。透过洞眼，可以看到炉里面红红的火星，慢慢地往外冒着淡淡的青烟和腾腾的热气。在那青烟和热气中，还掺杂着树枝的草木香，闻起来很特别、很奇妙……

那时的冬天，我们常常围着火炉烘脚、焐手，感觉暖意融融。特别是下雪的日子，放学回家后鞋子总是湿漉漉、沉甸甸的，这时只要脱掉又湿又重的鞋子，坐在一条矮凳上，将脚搁在火炉盖上，顿时，就有一股说不出的温暖从脚底涌来，很快流遍了全身，那感觉非常惬意。

在寒冷的冬天，火炉不仅给我们带来温暖，更重要的是，还给我们带来一日三餐之外的美味。记得那时，我们三个孩子常常围在炉旁，打开炉盖，一边取暖，一边用筷子将洋芋埋进草灰里，两小时过后，用火钳将洋芋夹出来，赶忙用嘴吹去灰尘，稍微冷却后，便迫不及待地放在口中大嚼，又香又脆，味美至极……虽然吃得脸上嘴上都是烟灰，但是唇齿留香，兴趣盎然。最好吃的还是鸡蛋，火炉里烤出的鸡蛋，闻着香喷喷，吃着甜滋滋，成为我童年时期记忆中最难忘的美味。

寒假的时候，孩子们不再上学，火炉便成了相聚之处。太阳刚刚升起的时候，谁家的墙根先到太阳，便一准有一群人靠上去，其时，个个都带着火炉，有抱在怀里的，有坐在屁股下面的，有站到火炉上边的。农村的早饭有先有后，参差不齐，这个时候，吃饭的咀嚼声与人们的谈话声混在一起，很是热闹；而鞋子烧焦味与罐罐茶也混在一起，却常常被忽略，只有当脚板烧疼的时候，才会感觉到。围在火炉边，我们一边听着茶罐里的噗噗响声，一边听父亲讲一些或近或远的故事，很是享受。

九月过后，我乘着故乡的幽思，在村后的田野里，寻找曾经遗落的梦。天空，还是那样蓝；白云，还是那样闲；田野，还是那样一望无边。我俯身捡起一片儿苍黄的落叶，拥在心窝，追忆故乡的模样，追思儿时的欢乐，追寻小路的曲折。故乡的九月，又回到你的身边。那里，珍藏着遥远的记忆；那里，缠绕着永恒的挂牵。

西北以北

一

　　立春时节，我在西北以北，在西海固一个村庄的角落。

　　此刻我是孤寂的，像从时光深处袅袅飘来的回忆，还夹带着沧桑的气息。

　　这是一条曾经驼铃声声的古道。

　　站在古道边，一列驼队驰骋而来。千百年来，那些震撼的历史一次次地撼动我沉寂的心灵，苍茫的丝绸古道、颓废的古城、历经千年的村落，那种神秘在岁月深处飘摇。

　　白雪皑皑的冬日里，落日洒满丝绸古道以外的苍凉，村庄前的一切就真实地展现在我的面前。残阳下的垂柳，孤独的胡杨守望着古城昔日的影子。

　　我遥想，在这孤寂的西北，应该有一个伟大的神灵在庇佑。

二

踏着丝绸古道，眼前远远近近的山峦，似乎有纷繁的商旅寂静地行走其间，沉重的驼蹄激扬着边城的风铃和断断续续的古调。烽火台上的狼烟，黑暗了西行的双眼，直到流干所有的泪水，仍到不了天边。

其实，在这西北以北，在这一座座坍塌的古城中，一切都在因你的心境而改变。

看着风沙弥漫在西北边陲的村落，我感觉，此刻的我，早已不属于自己的灵魂，已然脱壳而去，我会想起李牧、王翦，甚至是出嫁的昭君，一股伟大的灵气凝固成终年不败的狼毒花。此刻，我似乎已经老去，老到我已经忘记了自己的年龄，就像一株老藤，日夜思酌着西北以北的风、边关的月、岁月里逝去的英灵。

在这西北以北，我心里充满了颤抖。

三

一个人，站在苍茫张易古堡上，徜徉残垣的战国长城间，这一切的一切都像凄厉如刀的风，寒冷着心中的千丝万缕，每一个留存的痕迹，都固执地一次又一次将我带回那个繁华盛世，这里的每一片城阙都站着英武的兵士，每一个古街都熙熙攘攘、车水马龙，每一个城堡的宫楼都富丽魁伟，甚至连天空的每一片浮云似乎都透着古香。

我想，在这古老的边关要塞，我应该是哪个无名的剑客，背着铜剑，漫步于繁华的古道。似乎就这样，就能偶遇一位心仪的意中人，那该是一种凄凉而浪漫的美。我们会鸿雁传书，品读相思的欢颜，在这边关策马扬鞭驰骋万里，书写一段楼兰女子与中原剑客的神话。

此刻的眼前，一轮残月，古道无语，旅人断肠。

这已是千年以前的繁华，时光流逝，眼前的城池要塞，只应该是一场漂泊、温婉的梦。

我想，曾经那依稀斑驳的悬崖上，是否有乐伎的舞袖，抖落时光尘埃；是否有匆匆过客，留下了一丝挂念；是否那柄反弹的琵琶，弦已断，声未绝。

大漠里，万里长风。时光，真的很远……

一个人的古堡，一个人的要塞，一个人的长城，梦归何处？！

四

在西北以北，风凛冽，人无言，时光沉默地流过我并不温暖的胸膛。

月，依旧是那月，照过古人，照过今人，默默地，不知轮回了多少阴晴圆缺？西北以北，我们无眠，却听不见古人的梦呓，只有遍地月华，伴一份孤独与绝望。

此刻的古道，冷得像寒剑，千百年来，那些感动人的风华，丰腴了辞赋，消瘦了伊人。月色如泪，长风当哭。在这里，我感受到天地间有一种痛，像诗赋一般的爱情，海枯、石烂、天荒、地老。

或许，我不应该在这夜，在沧桑的古道上，在这先秦西汉的古迹边遥望，心中莫名激起难以按捺的澎湃。遥望苍穹，恍如前生后世。也许，千年以前我就来到这里，作为一名士兵或者一位将军。英雄气短！在烽烟四起的时代，在沙场征战之后，湮没在这无尽黄沙之中。或许此刻我站的脚下便是古冢。

月照我孤行，此刻，我终于明白，这堡子、这村庄、这古道千年留存的真正内涵。

今夜，古道不远处，我隐隐看战死沙场将士的墓冢在月光下闪烁……

五

就在这里，西北以北，我会感到孤独而寂静。

捧一壶老酒，盘坐在在落日下，心是那么沉重，隐然一份酸楚。

我听着时光在回忆，叹息，一脸怅然。

此刻，我只想慢慢睡去……

寻找张易

张易在哪里？
张易在山的上头、水的源头，
山张易、水张易，
张易在香炉峰的山风里，
张易在西海子的柔波里。

张易在哪里？
思念时，她在歌声里，
遥望时，她在泪光里。
张易在思念的尽头、我的心头！

张易在哪里？
张易在山的上头、水的源头，
绿张易、红张易，
张易在红军长征的故事里，
张易在秦汉小镇的传奇里。

张易在哪里？

思念时，她在歌声里，

遥望时，她在泪光里。

张易在山的尽头、我的心头！

"一起回家吗？""嗯，那走吧。"

没有繁重的行李，没有过多的担忧，带着那颗无畏和不甘平静的心，便踏上回乡的旅途。

直接、爽快，没有一刻的犹豫。

从北京到银川，从银川到固原，从固原到张易，一路南下。

深夜的火车拖着疲惫的身躯，却依然在"哐当哐当"地向前赶着，片刻的歇脚后又扬起"嘟嘟"之声蜿蜒前行，将寂静和黑夜抛掷后方。

经历一夜悠悠的前行晃动，经历了四个小时大巴车的疾驰，经过一个小时"黄蛋"的颠簸，终于到达了张易。

靠站、停车，我们睁着还惺忪的眼，踏上这片让人留恋的土地。山、路、人，那么熟悉，那么亲切。安静的小镇，没有了浮躁，处处弥漫着让人舒展的凉意。

清晨的张易，没有夜时的喧闹，只有三两稀疏的汽笛声与路边优哉游哉的猫狗。

它还在享受着这难得的慵懒，留恋着静谧。

因为不多时后，只消得几束春日阳光拨开堡子山上氤氲的雾气，它便要匆忙睁开眼，欠欠身，开始新一天的繁忙。

汽车的发动声、叫卖声、谈笑声……混合夹杂着奔涌而来，叩击着一个个震颤的灵魂。

　　路上，远行的人提着行李等待搭车、学生背着偌大的书包边走边啃早餐，老人手挽环保袋于市场抢购菜品，还有晨跑锻炼之人……

　　是的，当一切苏醒过来，这个小镇市便洋溢着一股蓬勃的气息，那是生活的气息。

　　张易坝是小镇的生命源泉。清晨的堤坝、水面、柳树，还有两侧的山麓都静的，让人不忍打搅还在沉睡的小镇。如羞涩的女子带着一丝倦懒，在镜前轻轻摩挲着长发，明净的眼眸似在好奇地张望。

　　渐渐地，阳光从云缝间探出身子，毫不吝啬地将一池春水揽入怀中。那一层薄薄的金光，是暖阳寄给池水的一封信笺，盛满了眷念。而那微微漾着波邾，是风儿拨动了琴弦，奏着律动的曲子。偶有人坐在坝边悠闲地垂钓，忽地提起钓竿，一只鱼儿咬着饵钩从水面扑腾而起，曲着尾巴使劲扭动身子，好不活泼。

　　堡子山是张易的眼眸，深情里透着沧桑。登临堡子山眺望，确有种"大漠孤烟直，长河落日圆"的壮阔之感。

　　张易，是有温度的。这座小镇是热情洋溢的。一走进街道，便被各个店铺前的叫卖声所吸引。"瞧一瞧，看一看，这里有好吃的烧鸡！"琳琅满目的小吃冲击着视觉，各种食物香味刺激着你的嗅觉，不免勾起一阵阵食欲。

　　站在街头，竟会一时半会儿愣住，不知道选择哪个。街上的人头攒动，吆喝声此起彼伏，吸引着人们往来于各家商铺，目不暇接。

　　当黑夜又一次拥抱这座小镇，繁华也许不会记取你的笑脸，路面也不会留下你的匆忙脚印，它只按着它独有的节奏静静地，或闹闹地走。

骑着自行车穿过夜晚十点的街道，一对情侣在门口不舍地拥抱。

面目疲惫的等车人将背包松垮地放在脚旁，踮着脚尖向出站口张望，期待着熟悉的身影突然出现……因为一些人、一些事，所以把这里当成了归宿。

"嘟"的一声，这里的一切在窗外的灯光里后退，还会再见的。

第二辑
DIERJI

故土难离

父亲的罐罐茶

生活在这片土地上，内心深处总有一种割舍不去的感情，西海固大地上勤劳耕耘的人们，在岁月的历练中，品尝着苦涩，承载着苦难，他们坚强的背影后面总是从来没有停止的脚步。

想起这些，我会想起我的父亲，想起父亲在炕头前静静地熬罐罐茶的情景，想起父辈们苦涩的人生。

我的父亲是个普普通通的庄稼人，红扑扑的脸上总是带着羞涩的笑容，憨厚的眼神里，隐喻着深深的苦涩。父亲爱喝茶，尤其是罐罐茶，那种浓浓的罐罐茶。

儿时的记忆里，每天当我睁开蒙眬的睡眼，便能看见父亲坐在炕边上，在泥炉子上炖着罐罐茶。我看见通红的泥炉上放着一个被烟火熏染得黑黢黢的搪瓷茶罐，罐子内壁同样是很厚很黑的茶垢，茶缸的腰间用比火柴棍粗的铁丝拧成了一根一尺长的手柄。这是父亲自制的茶罐。

把一小块块砖茶抓进那个自制的小茶罐里，架在泥炉子上煎烤，烤一会儿又提起罐子来抖几下。把茶叶烤到脆脆的，便慢慢地往小茶罐里注入半瓢水，只听到噼噼啪啪一阵响，茶水便溅了起来，稍过片刻，白色的茶沫涌出罐口。

父亲一边认真地盯着茶叶在茶罐里伴随着煮沸的水翻滚着，一边闻着从茶罐里冒出的茶叶浓香味。茶水翻滚数遍，顿时，扑鼻的茶香便在屋子里飘开了，久久不散。

父亲用一个湿抹布裹着铁丝把，赶紧把茶罐提起来，将茶汁慢慢倒入茶杯里，嘴唇轻轻地靠近杯沿，"噗噗"吹上几口，吹走漂浮在茶水上的茶叶沫，不嫌烫嘴就迫不及待地"吱吱"地呷嚽起来，布满皱纹的脸上露出无比的惬意。再吃上一口荞面弯馍子，父亲很满足地呡了一下嘴，继续炖下一罐茶。

我总以为炖出来的罐罐茶是清洌可口的，但当我好奇地偷偷地尝了一口，才知道这罐罐茶是那样苦，像父亲儿时的生活一样苦涩。而父亲却语重心长地说，就要这苦味，慢慢地尝尽了苦味，苦到极致就回甜了。

父亲的话让我心里一阵颤动，我读懂了父亲乃至西海固更多的父亲们钟爱罐罐茶的原因，他们在罐罐茶的苦涩里，才能感觉到这片土地赋予他们的甘甜。

父亲的茶瘾很大，几乎每天早上都要炖罐罐茶。那时候家里没有钱，每次父亲买茶的时候，母亲总会唠叨着让父亲把茶瘾戒了，在父亲再三的劝说下，母亲才会狠下心来给父亲买一块砖茶或者是杵子头。

其实母亲也有茶瘾，只不过是背茶瘾，她喜欢喝父亲喝过的背茶（残茶）。父亲每次喝完罐罐茶后，就会问问母亲要不要喝点，起初母亲不喝，可后来却也在慢慢的影响下，每次父亲喝完茶后，母亲就将背了的茶叶继续炖一炖，便也有了丝丝茶的味道，最后慢慢地母亲也惯下了茶瘾。

每次喝茶前，父亲总要先滴几点在地上。以前我对这很不解，但后来才明白了这叫"奠神"，表示让神先喝，然后自己才能喝。喝完茶后，父亲喜欢抽根旱烟，然后给老黄牛套上笼头，扛着木犁，挥着鞭杆，去古湾或者红圈湾里犁地。那吆喝牛的声音，总是那样悠扬、沧桑，似乎也像罐罐茶那样苦涩而醇香。

而今，父亲身体一年不如一年，他渐渐地戒了酒、戒了烟，也同时戒了每天早晨喝罐罐茶的习惯。以前，我总以为罐罐茶是父亲生活的一种寄托，一丝牵挂，一种生活态度。今天，我终于明白了父亲乃至祖祖辈辈为何喜欢炖罐罐茶，喜欢喝罐罐茶，因为在罐罐茶慢慢煎熬的过程中，他们体味着生活的苦涩，承受着西海固的苍凉，寄托着对美好生活的憧憬，他们在通过一遍一遍地熬罐罐茶，细品着这片贫瘠的黄土地的韵味，也慢慢品尝着苦涩的人生。

现在，我已经长大，不时想起父亲举着罐罐茶凝视田埂的深情；想起父亲喝罐罐茶的时候那种回味无穷的眼神；想起一滴滴的罐罐茶哗哗哗地流进父亲的茶罐里。

追忆红庄中学

天空湛蓝，田野辽阔，青山高峻，红庄村静谧如三月的马兰花，站在六盘山下。我的母校——红庄中学就坐落在这座村庄里。母校避开了车水马龙的喧嚣，依偎在一座青山里。

岁月荏苒，如今，红庄已成为固原市旅游环线公路的必经之地，当我再回故乡，村庄更美了，乡亲们富裕了，母校却已经改制成了红庄小学，那个曾经心心念念的学校已经消失在记忆深处。

一

还依稀记得二十年前，红庄中学如一座神圣的学子殿堂矗立在六盘山下。学校坐落在红庄村的街道旁，依山而建，大门正对红庄街道，背靠红庄梁。校园不大，两栋二层的教学楼巍然矗立在学校正对面，像是两个求学莘莘学子坐在山间认真地诵读，琅琅书声伴着清脆的铃声响彻整个街道，传遍整个红庄。

两栋教学楼也是红庄的最高建筑，当你站在教学楼二楼上，学校的一切尽收眼底，两栋教学楼前各有一座花园，花园里松树挺拔傲立、格桑花迎风绽放，一派花团锦簇的景象。花园两侧和中间各有一条石阶通向教师的宿舍和操场。

教师的宿舍是一排较为破旧的砖砌平房，这一排宿舍将整个学校自东向西一分为二，平房前面是一片宽阔的运动场，这里有篮球场、跑道等，这里是课间女孩子踢毽子、跳绳和男孩子追逐的地方。

记忆里，母校被一棵棵壮硕的白杨树环绕着，操场边、教学楼旁、宿舍背后全部被树簇拥着，这里是绿色的天堂。记忆里，母校的日出、夕阳、星光是最美的。早锻炼时天总未亮，清素的天空墨蓝色的，影影绰绰的树枝掩着西落的月，晶亮的启明星总让我想到清晨的露水。然后夜色缓缓褪去，月也隐去、星也隐去。

阳光点亮天空时，我们坐在教室里晨读。我们英语老师叫魏红海，是个刚从大学毕业的年轻的小伙子，更是个极有情调的人，他有时会带我们去后操场晨读，露水在阳光里蒸发，清新的早晨，清新的空气，清新的读书声。

我们三三两两坐在教学楼前的石阶上。老师站在那里眺望远处清丽的山丘。有时我们坐在教室里读书，老师站在门前。快乐地带着孩子气的表情叫道："大家出来看日出，好美。"我们便放下书本蜂拥而出。

我们的教室在二楼，傍晚时分，夕阳透过玻璃折射进来，融融的橙色，笼罩着整个校园，我相信那时候空气里有精灵。有时会飞来一群鸟，背对着夕阳一圈一圈地盘旋，载着一身的金色。

夜幕降临，出楼道大片大片的浓黑就扑过来，星星点亮整片夜空，那闪烁着的星星，像在低低倾诉，浅浅吟唱。我再也没见过比那更美的。那些在星空下走过的记忆，如此惊艳。

多年以后，每每忆及，似乎离开母校后，我就没有看过日出、夕阳、星空，只有那些回忆在脑中缓缓流淌。不禁让人叹道：曾经沧海难为水，除却巫山不是云。

二

其实，那时候的记忆总是那么美好，那时候的一点一滴总是铭刻在心。

想起母校，犹记得清晨母校的天空如此蔚蓝，那些留在石阶上的心事，那些洒满山路上的汗水，那些星空下淡然的省悟，那些映在夕阳里纷飞的笑颜，都被母校小心收藏。

我清楚地记得，寒冷的冬日，凛冽的朔风从窗户里刮进来，脸上像针扎一般，我手背冻肿了，僵硬得握不住笔。下课铃一响，同学们一窝蜂冲出教室晒太阳。灰蒙蒙的天空中太阳浑不可辨，没有丝毫暖意。我们便开始"挤暖暖"，就是大家靠墙排成一行，站在两边的使劲往中间挤，中间的怕被挤出来，拼命往里缩，大家呼喊着一起发力，用剧烈的身体冲撞驱除寒气。

我的母校，见证了我的苦难艰辛。我清楚地记得，当年家里负担重，日子过得紧巴巴，早晨上学时我从不吃早饭，母亲给我书包里放一块煮洋芋做干粮。有时候是一块莜麦菜饼，咬一口苦涩难咽。那时候，我常常感到饥肠辘辘，对食物有着莫名的渴望，盼着什么时候能吃块白面馍馍或一顿肉。一次，一位大娘看我吃煮洋芋，看了很久，啧啧惊奇，禁不住问了一句："小伙子呀，你吃得下吗？"我付之一笑，作为应答。常言道，生于忧患，死于安乐；吃不了苦中苦，做不得人上人。昨天的苦，换来了今天的甜，值啦！

最难忘的是那条通往母校的路。从我们驼巷村到学校的路上，常会碰上一辆运送物资的马车，拉车的两匹大红马瘦骨嶙峋，蹄子踩在沙石路上，发出"嗒嗒嗒"的声响。赶车人手握长鞭，坐在车头前吆喝。看到马车驶过时，我们会悄悄追上去，趴在车后横梁上搭顺车。赶车人发现了。也不回头，向后挥动长鞭，"啪啪啪"几声。鞭梢准确无误地抽打在我们身上。我们只好狼狈不堪地躲闪而逃，望着马车在辚辚声中驶向远处。

三

如今，站在母校面前，一幕幕情景一如昨日呈现在面前。

忘不了，同桌的你和我，刚才还在桌上画"三八线"，分清"敌"我，不相往来，马上又嬉笑打闹，欢乐开怀；课堂上为一个问题激烈讨论，争论得面红耳赤，下课了又虚心学习，求得认识统一。

还清晰地记得学校后边的高墙内，长着一棵大槐树。春风一吹，雪白的槐花便挂满枝头，四处弥漫着醉人的芳香。若逃学时，爬上树干，逾过墙头，再一跳，就到校外了，在麦子地埂上一路狂奔，身后的狗吠声淹没了读书声。上课迟到了，也从这里翻进校园，神不知鬼不觉地遁入人群，混进教室。时间长了，墙头被爬出了一道豁口，粗糙的树干也磨得光溜溜的。一次翻墙时，我被老师逮个正着，受到了处罚。

遂下决心第二天早上第一个到校，也让大家看看。当晚，夜静风凉，秋星灿烂。我和村里另一个同学睡在四哥家的高房上，以便早早起床。正睡得迷糊，突然听见鸡叫声，醒来后不知是几点。推开窗户，见流星在苍穹划过一道白光。我以为天亮了，赶快叫那个同学起床。背上书包，摸黑出了门。

到了学校，大门关着，便从门缝中钻了进去。白天热闹的校园，此时空寂如古刹，显得阴森恐怖。教室里伸手不见五指，我俩坐在冷板凳上等待天亮，真是又冷又怕。实在熬不下去。便起身返回四哥家，又上炕接着睡了一觉。一睁眼，见窗外光灿灿一片，慌忙跑到学校时又迟到了。

四

二十多年瞬间流逝，学生一茬又一茬，老师一批又一批，学生年老了，老师年迈了，眼前的校园已经成了小学，找不到半点当年的影子，完全变了模样，布局井然有序，设施增添许多，建筑全部翻新，母校更丰腴、更成熟、更精神、更靓丽。

还记得语文老师卢颖老师，戴着近视眼镜，不苟言笑，一位颇具威严的长者，他教的是语文课，也是我们最喜欢的课程，因为他时常会给我们组织一些趣味活动。记得一次，他周末带我们到西海子、冰沟野炊，大家可高兴坏了。大家背上锅灶沿着湍急的河流一路经过石庙，在冰沟村喝山泉水、采野草莓，一路欢歌笑语。我们手拉手肩并肩翻山越岭来到西海子深处，大家各显身手，捡树枝、搭起锅锅灶、烧洋芋、支起铁锅、做西红柿炒鸡蛋……大家各司其职忙得不亦乐乎，西海子上空飘荡着我们一阵阵笑声。

想起在母校的日子，我会常常想起那些老师，漂亮执拗的数学老师王明霞，严厉冷峻的物理老师吴军，风趣幽默的化学老师王鸿祎，威严可敬的校长张效国……他们教我朗读写作，教育我们成长做人。

这就是我的母校，哺育我健康成长的母校，展开我梦想翅膀的母校，架起我希望之路的母校，让我魂牵梦萦的母校。在这里，我探寻书中的奥妙，追逐这里曾是充满童真和稚气的孩子们的梦想，仰望遥远的天空，想象大山外的乐园，是守护村民们情感寄托与希望的外面的世界。

雪泥鸿爪，青鞋一痕。转眼间，离开母校已是二十多年。我在世俗的淡泊中经历着人生的风雨冷暖、花开花落。许多的人和事都已远去，我也不复青春，但我那野草年代沉淀于生命的记忆，若流云般萦绕心头。依稀的校铃声穿过悠悠岁月，在我耳边轻轻回荡。

赶集散记

春天细雨绵绵，下了一整晚，早晨才歇了下来。淅淅沥沥的雨水悄然洗净了天空，洗净了村庄，洗净了每一寸土地。雨水过后，人们的心境也如这雨水一样清澈起来，生活也如这雨水一样也明朗起来。

驼巷，一个躺在群山环抱之中的村庄，也在晨曦中醒来。天高云淡，炊烟升起，村庄像是露头的麦芽，蓄满了朝气，散发出阵阵馨香。此刻，干净的阳光洒进院子、钻进窗户、铺在炕上，拂过农人的面庞，温暖而祥和。

在这里的人们面山而居，山涧里一条河流在村前缓缓流过。今天是初六，该是赶集的日子了。每逢三、六、九的日子，集上就像春末复苏的蚂蚁窝，攒动着一队队、一群群黑压压的人头。

记得小时候，到了赶集的日子，村民们便早早起来，准备去赶集。洗脸、扫院、煨炕，再在炉子里生起火，烤上几个馍馍，炖上一杯罐罐茶，当作早饭吃吃，再仔细拾掇拾掇。女人们自然不用说，即便是男的，即便他们还显得不怎么乐意，也都乖乖地让女人强拽着，扒下干活时才穿的黏了油泥的脏衣服，穿上件整洁干净的。

女的看到男的脸上"杂草"丛生，就数落说："呀！快去拔拔！快去拔拔！一脸猪鬃你倒也不寒碜，却是丢我的人啦！"

男的竟像个听话的孩子，赶紧收拾收拾脸上的胡子，拌一拌鞋上的泥，抖一抖身上的土，将要榨油的胡麻抬到架子车上，拿上油壶、装上几个塑料袋子，锁好门，拉上车子出发了。一家人欢欢喜喜上路，留下撵上来而被斥回的看门狗还站在院子门口呜呜咽咽。

沿着骆驼巷的那条公路一路向东。乡间的路在雨水浸润之后，如此柔软和干净，伴着浓重的泥土香气，大家有的提着包、有的拉着车、有的赶着牲口、有的骑着自行车，如一条川流不息的河流涌向集市。

村里的老奶奶领着孙子也在路上，孙子调皮，跑得快，老奶奶一边紧拽着孙子的手怕孙子跌跤，一边忙不迭地盯着孙子的脚，说："小先人哟！醒事点嘛！你不要那么用劲地踢好不好！踢起一身的泥水啦！"孙子绷着苦瓜小脸，仍旧有意无意地在泥水里跑，溅起一片片泥水花，裤腿和鞋上又添了泥水点点。婆婆看看早上才给换上的新衣裤，上面就像黑夜里的星星，布满了双腿，忿忿然说："小倔驴，看下回还带不带你来！"我们都笑了，这头"小倔驴"真是憨直可爱。那小子大概是被笑得有些发窘，越发木着脸直视前方走自己的路，那表情像是说，人们的笑声与他无关。他也有他的小心思。

快到小庄子梁的时候，四五个小伙子从人流中分出旁的一股，往路边的山梁上爬去。山梁上有一条小路，这是一条捷路，也能通往红庄子，只是人能走，架子车不能走。步行的人们跟着小伙子们的步伐，上了梁。"小倔驴"看不得稀奇事，忘了奶奶的牵引，直奔那几个小伙爬的山梁去，老奶奶惊惶惶拽回孙子道："小先人哟！想除脱我这把老骨头么？""小倔驴"只好定下心神依旧被奶奶牵了手走在泥泞大道上。

走进集市，一条窄窄的街道充满了赶集的人，堪称人山人海。沿着街的两旁一个挨着一个摆满了大大小小各种商贩摊子，摊位十分简易，一个大布口袋平铺在地上，上面摆满种类繁多的各种物品，这便是摊位。摊位显得非常拥挤，吆喝叫卖声此起彼伏，车水马龙好不热闹。也有不少本地村民带着自家货来赶集，蔬菜是纯天然的、家禽是粮食养的、馒头是自家蒸的……如果有车辆经过，端端地就陷入了这滂沱的人海人声里，像一艘艘搁浅的船，即使摁穿了喇叭也不得轻易前行。车里的司机无奈，索性点了烟伸出了脖子出车窗，用臂弯枕在车窗沿，慢慢前行，稍微得出一点空隙，他们便开着车往进钻，然后小心翼翼地慢慢通过。

集市上一片熙熙攘攘，有卖穿的，衣服、裤子、帽子、鞋子、袜子，五颜六色；有卖吃的，瓜子、水果、蔬菜、禽蛋、鸡鸭、凉皮，七荤八素；有卖用的，背篓、扫帚、拖把、捕鼠夹子，十全十美、应有尽有。讨价还价此起彼伏，时不常还遇到亲戚，少不得要嚷嚷吼吼：你也来了？来了——嗡嗡嘤嘤、唏唏哗哗的杂音盖在集市半空。

临近中午，常常是人多得挤都挤不动，尤其是那些个卖凉皮、卤肉等小吃的摊位，更是围满了人。虽说有些人的口袋里并没有钱，或者根本就舍不得把自己仅存的一点钱拿出来饱个口福，但并不妨碍他们尽情享受飘落在空气中的诱人香味，或者凑上去舒舒服服地过个眼瘾。

　　赶集的人们一般很少在集市上吃饭，只有那些经常赶集贩东西的买卖人，或者家庭经济条件好一点的人，才在摊点上吃一顿简陋的饭菜，或者就在街上买些油饼、凉皮一类的食品充饥，当然也有少数在农村叫作"嘴馋的人"利用赶集的机会花几个小钱，偷偷地打个牙祭。

　　集市上不但有五花八门的日常用品和生活用品，而且还有一些专门的买卖场所，如油坊、供销商店、粮食市场、牲口市场、菜市场等，尽管这些场所没有固定，但是数十年来大家总是约定俗成地在这些地方进行交易。市场里，这边村民三五成群地在与粮食贩子讨价还价，那边牛羊成群地拴在木桩上，买卖双方掀开衣襟，手伸进去在"揣价"；菜市场里，人来人往熙熙攘攘水泄不通，此起彼伏的叫卖声，空中弥漫的喇叭声。

　　集上，人声鼎沸，如一场俗世生活的盛大典礼，一个个村民从十里八村赶过来，不单单是为了买卖东西，更多是感受烟火人间的气息，感受生活赋予我们别样的滋味，尽管平淡琐屑，却像一股贯穿在血脉里的暖意，伴随着一生。集上这些生活的最深处和最接近人心的事物，此时此刻呈现出一片光鲜和谐场景，让人们久久不能忘怀。

　　我想，赶集就是将生活的每一点、每一滴、每一个细节、每一丝思绪、每一缕感受，统统放置在充满生机，长满酸甜苦辣，浸透着生活细节的烟火中，人与人相遇，物与物交集，人与物相依，成就了一种天地共融，成就了内心繁华。

　　漫步集上，置身简单而朴实的一条街道上，看着蔬菜、农具、锅碗瓢盆、针头线脑，仿佛这才是生活，仿佛此刻心灵才是通透的、敞亮的、自由的。在这么让人踏实的场景里，每一次与陌生的人擦肩而过，仿佛我们已经相互熟识，仿佛我们的眼睛和灵魂，已经绽放着春天般的光芒。

当看到抽着旱烟的老大爷脸上堆满笑容，看到一对中年夫妇拉着一车车化肥蹒跚在回家路上，看到一个个光着头的小孩子手里攥着气球快乐地乱窜……我感受到，一种生活的知足与幸福在脸上飘荡。想想现在都市里的人们，每个人都步履匆匆，每个人都满脸愁容，每个人都似乎都有疲惫的苦衷，我们何时才能和他们一样，静静地在村庄里聆听喜鹊喳喳、小鸟唧啾。

集上来的时间不长，太阳西斜时候，人们就陆陆续续地相继散去。离开集时，村民们的影子被阳光拉得忽短忽长，似乎比这春日的时光还要长。喧嚣之后，街道上又回归于平静，像是赶集疲惫回家的村民，安静得像轻轻睡去。

一路上，在集上忙碌了一天的人们步履沉重，速度明显减缓。此时也是家人最为焦急的时候，他们不时地在村口眺望，看见一个邻居上来了，赶紧上前问。狗汪汪地叫了起来，赶集的人们终于回来了。家人悬在半空的心这才放了下来……

村庄里的父母

在西海固一个普通的村庄，在一个叫骆驼巷的地方，我的父亲出生在这里，二十四年后母亲从三公里的红庄子"远嫁"到这里。

父亲是个文盲，母亲初中文化。在父亲二十九岁那年，全乡开展的"扫盲"中，父亲认识了母亲，从此结缘，步入婚姻。父亲是个老实人，在村子里出了名地实在，沉默不语又勤勤恳恳；母亲文化程度不高，但是精打细算、勤快沉静。

父母的爱情，就像夜空中的一颗星星到满天繁星的过程。他们一起坎坷而过的时光，细细回想起来，总是苦中带涩、苦中有甜。

儿时的父母亲，总是和村庄与土地相依为伴。当太阳在山尖露出一丝笑脸时，半块翻卷的土地波浪般地起伏着。父亲直了下腰，疲惫的老牛喘着粗气。山洼儿里是母亲"撺籽"的身影（"撺籽"就是撒种子），大山深处的他们用勤劳换来平淡的生活。过了一阵，母亲手中提着笼子来了，笼子上盖着头巾，里面是那个陶瓷饭罐，这是祖辈传下来的，所以格外小心，怕不慎落个败家的名声。

　　牛喘息未定，父亲仰头，舌尖舔净了饭罐沿上的玉米糊，磕去鞋里的泥土，挥起了鞭子。母亲早接过了累酸我胳膊的坷子（打土疙瘩用的），顺着犁沟机械地来来往往。

　　这时候，我可以慢慢吃母亲送来的莜面苦苦菜饼，并想象山尖的太阳是不是用了和我家一样的大铁锅才那么圆。太阳晒暖了大地，当我捉到那个秋后的蚱蜢，看它挣扎时，累了的父亲因为倔强的牛而吼声如雷。循声望去：母亲佝偻的身影依然在地里摇摆，她小心翼翼地把化肥撒得那么均匀，像照料自己的孩子一样。父亲吆喝一声，牛鞭在空中划着一个又一个弧线。我看到，老黄牛因为父亲的强悍而屈服于命运。而父亲握鞭的手在颤抖……

　　那时候我总想：父亲是巍峨的山吗？母亲是天空中的云朵？而村庄呢？应该是太阳吧，让父母生活依赖、精神富足，让每一座山、每一寸土地温暖，让云朵闪耀光芒、雨润大地。

　　我仍然记得，那时候，父亲用满是胡子的脸扎得我咯咯直笑，那是我少年的春天，如星光般灿烂。年年春种，秋收，冬藏。父亲一次次经历着这样的岁月，但是他从未厌倦过，一天天努力着，只为养大我们、供我们上学。那段岁月里年年如是，周而复始。

　　一次次地在梦里依稀浮现着这样的情景：那牲口的铃声响破黑暗时，父亲挈上木犁，赶上老黄牛，在一声声吆喝中走进古湾。有时，父亲会把烤好的馍馍放到我的枕边，那一个个在炉子上烤的黄丛丛的馍馍就是我的最爱。每次走之前就会给我掖好被子，偶尔，还会有衣物之类的。而此时，总能看到母亲迷雾般的眼神。

　　很多个日子，我那不苟言笑的奶奶总把脸沉沉地放下，当着我的面，魔术师般的脸亲昵地对姐姐又搂又抱，还塞给他们让我羡慕已久的东西。而母亲总是要姐姐的东西，分一份给我。

岁月蹉跎里，我呼吸着忧郁的空气，总是独自走在上学或放学路上，斜斜地挎着布制式的书包。有时，为了寻觅黄莺的踪影，整天整天地逃学；有时，为了涉足那条小河，我把裤腿挽得很高很高。我想知道村口那条四季长流的河，最终注入了哪个湖泊或海洋，它会不会迷失方向，会不会有着旅途的疲惫和忧伤。我无数次地顺流而下，或者，逆流而上。像个无尾巴的鱼，恣意徜徉在岁月的河里。待我拖沓着脚步，在暮色弥漫了很久才回到家时，总看到父亲站在老榆树下，一口一口地抽着旱烟，"云山雾罩"里满脸愁绪。

到了四五月份，青黄不接的时节，家里没有吃的，父亲会背上铺盖，去河南赶场。记忆最深的是那床母亲亲自缝制的狗皮褥子。每次去赶场，父亲总会背着它，就像背着母亲、背着哥哥姐姐和我，背着整个家一样，每每夜深人静时，躺在狗皮褥子上，就像回家一样。母亲说："这褥子暖心，保火气。"那时候，父亲和村里几个小伙子，沿着回家的方向一路赶场回来。有时候还要偷偷地爬上拉煤的火车，在煤堆里蜷缩着一夜，出来的时候嘴里全是煤渣子。

一次，在河南赶场的父亲和同伴们，在傍晚时分一起扒火车，火车扒上去了，却不小心把褥子脱落掉在铁道边了。看着火车疾驰、褥子越来越远，父亲毅然决然从火车跳下去，摔晕在铁道边。当他醒来时，已经深夜时分，褥子找到了，腿却受了伤。于是，坚强的他硬是一瘸一拐走了一天一夜，最终追上同村的伙伴。大伙疑惑地问他为什么为了一个破褥子不要命时，他只是笑了笑。我想，那就是他精神的支撑，无论是他在石空背石头砸断脚趾的时候，还是在长武被洪水冲跑的时候，他心里一直有一个信念在。

农家的日子在春夏秋冬里更替，岁月风尘里，一切的一切书写着平淡、无奇。家里的日子过得紧紧巴巴，但也算充实。每到冬季，村口的场里就搭起台子开始唱戏，热闹、嘈杂，和我一样大小的孩子们在人群里如鱼一样地穿梭，我孤独在热闹戏台的一个角落，不敢望他们好吃的好玩的东西，因为我知道家里穷。

时光荏苒，父母亲和村庄一起在变化，父母在变老，村庄却一天天焕发生机。直到现在还依稀记得父亲拉着一架子车豆子去集市上变卖的情景，还依稀记得母亲背着发烧的我一奔就是五里地看病的情景，依稀记得姐姐为了我上学放弃学业在砖场码砖坯的情景，依稀记得哥哥为了省钱一天就吃一个馒头。历历在目，历历在心，历历让我热泪盈眶。

如今，村庄已经"华丽蝶变"，父母霜鬓白发，我也快步入不惑之年。在家乡骆驼巷住着的父亲依然是每天天不亮就要起床，在大洼上或者村口走一圈。我知道，他是在用这样的方式重温走过的地方，曾经自己心心念念的村庄。

骆驼巷静寂的夜让我失去睡眠，我打开门，把自己盛放在院子凉飕飕的夜风中。一切静默，只有星星还睁着眼睛。我望着被星星点缀得很蓝很蓝的夜空，看见一个白衣少年一步步走向暮年。和白衣少年一同消失的除了村庄，还有一切浮华的喧嚣。

如今，父母的耳朵越来越听不到外界的声音，我们的对话进行得越来越困难。当我讲得面红耳赤他们依然不知我所云时，我无比难过。怅然若失之后，我又庆幸自己还有另一种与他说话的形式。我把他们的村庄以及他们的故事连同父母给我的爱一并写在纸上写成文字。当我把这些文字献给老两口时，他们笑容满面。看得出父母亲是很以我为傲的。

又想起老村庄。炊烟袅袅，雪地里刨食的鸡鸭；土夯的矮墙，墙里的瓦房和墙外的白杨；碧绿清澈的河流，河边寂静的夏夜里的蛙声一片。老村庄是喧闹的，也是寂寞的。寂寞的村庄里，只剩下不再留守的儿童和日益衰老的父母。

而我，再次徜徉岁月那条河，仿佛总能听到有谁在寂寞唱歌……

西海夜戏

车行驶在固将公路上，翻过红庄梁，穿过村庄，走过街道，我总会不由自主地向卫生院旁边的一条路看看，路畔一个牌子赫然写着：西海子。

想想，马上又六月十二了，西海子的庙会马上又到了。想到这里，心里一阵窃喜，又能看一场秦腔、会一会儿时的伙伴，回味一下过往的时光。

从小到大，这条路珍藏了我多少儿时奔跑的脚步声，路的尽头的西海子荡漾着多少儿时此起彼伏的欢笑声，那一池春波，那一草一木，常常拨动我的心弦。

或许，每一个人的生命里蛰伏着的一个地方，在时间的河流里，被一分一秒地沉淀，悄无声息地凝结成一座山、一泉水、一个眼神、一段刻骨铭心的回忆，这珍贵的回忆每每被翻起时，心里总是泛起层层涟漪。

西海子的庙会就像耕种多年的一片土地，里面是自己种植的庄稼，每年夏日清凉之时，麦子拔节、胡麻花开、豆角挂豌，总想漫步于田野间，轻抚麦穗、静待花开、品尝豆角。有时候，你甚至还没来得及细细品味，黄昏就已翻过了山峦，夕阳已照亮村庄，那一片片黄绿相间的庄稼地，在金光里兀自等待、兀自欢喜。

一

西海子庙是这里十里八乡最盛大的"节日"。这里的庙会历史悠久，有近百年历史。

西海子位于固原市西南二十余公里六盘山深处，古人称为"朝那渊"，也称"西海""西海子"。这里是古代文人墨客、帝王将相游玩和拜祭之地。传说这里曾经专为祭龙神的地方，建有庙宇。由于这里群峰环抱，形如掌立，中间有石隙，水由这里涌出。喷出的水复进入两个波洞，时人称其为东西龙口。西海子内，水出石隙，再入龙洞，复出涌动的流势构成了的春波荡漾的绝妙佳境，故古人称其为：西海春波。西海春波也成为清代时期固原八景之一。

而今，西海自然形胜犹在，西海春波依旧。潺潺的西海水不舍昼夜，流走了岁月，流来了春韵，留下了那些难以忘怀的岁月印记。

每年六月十二西海子庙会，寂静的西海子一下热闹了起来。十里八乡的人们早早地从四处赶来，或搭台唱戏，或摆摊设点，或拜佛求神，这个时候，一方宁静的碧水畔，一下子多了几分生气，几份旷远。

二

西海子的庙会是每年的六月十二。

从十一开始，做生意的商家、城里的客旅、周围乡镇的村民便蜂拥而至。这时，西海子一片喧闹，大小商铺林立，布棚蔽日；南北日用杂货，地摊遮地；素荤冷凉的美食，云集其间；商家叫卖之声，响达山间；乡里五行八作，各有所归；吃喝玩乐游客，纵情欢乐；人山人海，比肩接踵。小时候家里穷，每次六月十二去庙会，身上只拿一两块钱，很多东西都买不起，就是一遍遍地围着西海子周围闲逛，一会儿爬到半山腰的庙里看看上香的、念经的、拜佛的、算卦的，一会儿钻进山沟里找一找野草莓、打一打蕨菜、乘一乘阴凉，一会儿在西海子畔，树枝拴个绳子、挂一个瓶子，钓钓"面棒子"，或者捡几片薄薄的青石块，打打水漂，总之是哪里热闹就往哪里跑。

只见庙会上车水马龙、香客、游人熙熙攘攘。戏台前是一片空旷的地，这里大多是临时的小饭馆，有卖凉粉凉皮的，卖卤肉烧烤的，卖冰棍雪糕的，卖烧鸡烤鸭的……吆喝声、叫卖声、划拳声、欢笑声，一片喧闹。

看着那一碗碗白白嫩嫩、滑滑溜溜的凉粉，调上红红的辣子油，加上蒜泥，在炎热的天气里真是最佳美味，诱惑得我垂涎欲滴。每每走到卖美食的摊位前，更多的是吞咽口水。我们只能看着别人吃，那滋味真不好受。孩子们自嘲地念叨："你吃我看，你嚼我咽。"

密密麻麻的人群中，有祈福的、拜神的、卖香火的、躲在树荫下说悄悄话的。接近中午，海子畔、山沟里、半山腰上三五一群围坐在树荫下，猜拳行令，端着啤酒豪言狂饮，好生自在。

或许只有在此刻，人才彻底陶醉在这景致里，心里一片空旷，没有欲望，没有奢求，没有烦恼，也没有城市喧嚣的烦扰。望着一潭碧水在阳光下泛着银色的浪花，听着喝多了酒的乡亲甩嗓子撂出的信天游在山谷间萦绕回荡，这时候，仿佛自己也不存在了。好像被一阵风掠了去，轻飘飘的，没有丝毫的负重感。

爬上山顶极目远眺，此起彼伏的青山在一片雾气的缭绕中极富层次感，或错落交叉，或逶迤连绵，一池碧水静静地躺在青山之间，是那么平静、那么深沉、那么厚重、那样朴素。那粼粼波光不知道融进了人们多少想象和情感，不知融进了人们多少浓浓的乡情。

三

庙会上离不了唱戏的，每年西海子庙会会唱三天秦腔。

戏台坐落在青山下、碧水畔，坐西朝东，建筑类似明清风格，单檐硬山顶，上置五脊六兽，飞檐翘角，雕梁画栋。整体建筑为砖石结构，条石筑基，青砖砌墙。戏台分前、后台，前台进深两丈，后台进深一丈，均用方砖铺面。前台是演出的场所，两边隐于前面砖墙之后，宽近一丈，为器乐演奏之所。左称文场，说管弦乐所在；右称武场，是打击乐所在。戏台基座很高，五尺左右。戏台前是开阔的场子，能容纳几百人看戏。

在我的记忆里，那戏台可谓"高耸入云"，到了前面几乎看不见台上的人，我们只能在戏场后面的斜坡上看。离得远了，只能看见红男绿女在戏台上弯胳膊蹬腿，进进出出，锣鼓、胡琴、唢呐声中，秦腔演员的唱戏声飘然而至。

惬意了那些身强力壮的小伙子们，他们在前台挤来挤去，有人欣赏唱功，有人议论俊丑，更多的人图个热闹，站在台下不看戏,看台下看戏的,看哪个女娃娃长得漂亮,一会儿起哄,一会儿喝倒彩。

西海子庙会上唱秦腔的历史较为久远,父老乡亲对这些戏曲耳熟能详,戏中忠孝节义、惩恶扬善、扶贫济困的思想和寓教于乐的表演形式深受当地百姓的欢迎。文武百官、青衣花旦、忠良奸佞、国事家事,在小小的戏台上得到淋漓尽致的演绎。

秦腔里那委婉缠绵的韵味,那浓郁的生活气息,让乡亲们听得如痴如醉。或高亢或婉转的唱腔,在掺着泥香味儿的乡间空气里久久回荡。人们在古老淳朴的秦腔中获得情感的熏陶和道德的升华,感受浓浓的乡土氛围和暖暖的人间亲情。

四

最有意思的是看夜戏。夜幕降临,远山、村庄、溪流都沉寂下来。大家吃罢晚饭,乘着月光一路向西海子赶去,路上大人说说笑笑,小孩子跑跑闹闹,山塬田野间的小路上一片热闹。

到了西海子,戏场上坐满了从四乡八村来看戏的乡亲们,有人坐着凳子,而大多数人搬来石头土块坐得怡然自得,还有不少人站在四周图个方便,有些手脚麻利的小孩子,索性爬上周围的大树,乐得登高望远。

锣鼓响起,接着便是一场又一场秦腔。只见戏台前人头黑压压的一片,台上穆桂英出场,头戴野雉羽毛帽,英姿飒爽地连翻了几个跟头,台下一片喝彩之声。尽管大家对《三娘教子》《铡美案》《周仁回府》《拾黄金》等那些秦腔片段已经看了很多次，几乎耳熟能详，但依然看得津津有味乐此不疲。孩子们乘着兴费力地站在小板凳上也来凑热闹，虽然只能看到台上演员的半个人头，但并没有减少他们看戏的兴头。一些更小的孩子则干脆骑在大人的头上，鹤立鸡群，得意地四处张望。

夜色中传来叮叮当当的鼓钹，还有二胡悠长的吟唱，高亢嘹亮地荡来一声粗犷的秦腔唱声："西凉国辞别了公主玳战，勒回了马头我望倒观。望不见王的银鞍殿，又不见合朝两班官。猛想起那日登银安，宾鸿大雁吐人言。王手执银弓并御箭，打下来半片血笋兰。常随拣来王观看，原是我妻宝钏一书函。"在山水之间，一声声悠扬的夜唱，一段段旷达的秦腔，就像一股淙淙有声的清泉，一道着实让人牵念的乡音，流淌在每个村人的心田里，而且还绵延不息地流淌在那个故乡的田园旷野间。

五

夜唱之时时常会发生许多趣事，让大家总是津津乐道。一次一个唱戏的演员在下场时竟然忘了应自己要表演的动作，提戏的人小声提醒说："先抖马鞭，再舞动大刀，踢上两脚，小步下场。"那位演员照样以为是台词，把原话大声吼了出来："先抖马鞭，再舞动大刀，踢上两脚，小步下场。"结果把台下看戏的观众笑得眼泪花都笑出来。

不过，也有些"老秦腔"台上经验丰富，遇到紧急情况，常常会触景生情、随机应变。一次一位演张飞的演员，因来不及吃饭，带了个馒头就赶到台后化妆。化好妆候场时感觉肚子有点饿，便摘下挂在嘴巴上的戏胡子。正吃着馒头的时候，突然听见喊道："张飞上场！"那演员便扔下馒头操起武器赶紧登台上场。台上扮演马超的演员发现"张飞"忘了挂胡子，便故意大声喝问："来者何人，胡子都不长，快给我通报姓名。"说唱间连忙给对方递了个眼神。"张飞"意识到上场急没挂胡子，赶忙急中生智回道："我乃张飞之子张苞是也！"对方听懂了意思，接着大声叫道："我马超不杀无名小将。快去叫张飞前来与我大战三百回合！""张飞"顺水推舟，乘机下场戴上戏胡子，转身冲上场，并大声叫道："马超休要逞能，张飞翼德来也。"两人心知肚明，顺顺当当地把戏演了下去。

还有一回，正在台上唱戏时，台下有人喊他说："你家的猪脱圈了，在豆子地里毁你家的洋芋哩。"那演员听到后，便用唱腔回唱："我家地里猪毁地，管爱咋就咋哩，猪已脱圈且别管，我把戏且先唱完。"。

一些"老戏迷"对秦腔中的唱词早已熟记于心。戏台上某个角色唱词错误，也逃不过他们敏锐的耳朵。他们不时还会交流一下对某角色的看法，谁的嗓子好、唱得好，都评头论足，讲出个子丑寅卯。

戏台里最活跃的是孩子们。他们不是你争我抢地爬到后台看演员们化妆，就是一大群疯了似的在台子人群里蹿来蹿去。几个身手敏捷的孩子，手脚麻利地爬到树上，坐在枝杈儿上晃着双腿，一副悠然自得的神态。小一点的孩子玩不动了，早在母亲的怀抱中甜甜地熟睡了，台上打雷般的锣鼓也休想惊醒他们。

此刻，山林里，月光顺着树叶缝隙筛下来，投下斑驳的影子。一只虫在啾啾鸣叫，西海子畔的青蛙咕呱咕呱地伴奏，整个乡野被银白的光笼罩着。戏台上的淋漓酣畅，原野里的广袤清幽，与乡人们深深沉醉的心融为一体。那种生命状态令我动容，并且刻骨铭心。

六

午夜时分，夜戏曲散场了。大人们打起手电筒，抱着孩子一路边走边叫喊着"狗剩、栓牛回家了"。只有不停地叫着，才能使孩子不受到意外的惊吓。

当我看着曲终人散，看着大家如溪流一样散开，我游弋的目光不知不觉中凝固在正前方那座戏楼之上。灯光下，戏楼正笼罩在一片香雾岚烟中，我感到戏楼像一位耄耋老者沉沉睡去。

回家路上，月光更加坦荡，没遮没拦地倾泻下来，漫过了村庄、树林、山坡、小路，渐渐隐没在寂静的角角落落。我裹紧衣服，感觉到它们在微微流动。长久以来，西海子的庙会成了生活在这里人们的一种精神寄托，就像刻在心底的一个故事，远离家乡时母亲的一句告别，走在他乡路上蓦然听到的一句乡音。

燎疳情结

大年，是一种归乡、思乡、团圆的深深情愫。吉祥如意、风调雨顺、五谷丰登，这满满的寄托，这根植心底的情怀，就像一条流淌的河流，从归乡路上、从异国他乡、从梦里一直走到心底。

年的时光是一座情愫憩息的驿站，打开乡愁窗口，打开心灵之门，打开那些纠结、痛苦、幸福、自由的心境，我们在这里团聚、欢乐、倾诉……

一个月的时光，承载着一年的情愫。我想，燎疳，就像是把年的时光打个结。大年过了，我们又一次踏上行程，又一次奔走在路上。

燎疳是一种仪式，期盼着一年时光美好、寄托着一年的青春梦想。这一天，大家精心准备燎疳的柴火，柴火多，火苗高，火势旺，预示新的一年兴旺。儿时，快到燎疳节的时候，我们会从野地里、山旯旮湾拣拾风吹堆积的黄蒿碎草，带回来很有成就感地堆在院门外。父亲会拿了绳子和镰刀去山里，黄蒿、白蒿、棉蓬、沙蓬、蓑草、狗尾巴草，父亲总会结结实实背一捆回来，我们就知道燎疳的火堆肯定会很大。

午后，喜鹊停在枝头，父亲坐在炕头抽烟。母亲开始在灶间忙活晚上的饭菜，烧水、和面，风箱开始"吧嗒吧嗒"。

薄暮笼罩乡间。父亲在灶间上香，正月里最后的香火总是那么虔诚，灶间香气氤氲。敬完灶神，还要给四方神仙上香。饭后，我们便等不及撂下碗筷，便跑出院落焦急张望，生怕村庄有人家燎疳占了先。

点灯时分，燎疳开始了，给四方神仙上完香火，父亲就催促家人都到院门外开始燎疳。燎疳节最重要的一个仪式，就是在大门外烧一堆大火，全家欢跳，祈福禳灾。奶奶说疳和年一样都是迅猛的动物，但都怕火，所以门外跳火堆，疳就跑远了。父亲小心翼翼地把柴火点燃，火势渐起，左邻右舍的大人小孩子来了，看见火渐渐旺了起来，大家便开始在这火堆旁跳起来，如猴子在火里跳来窜去，跳得次数越多越好。时不时地有人会说"我的头发燎了""我的屁股燎了"。燎疳到高兴处，辫子、头发、眉毛都顾不得心疼了。

火势稍弱，父亲添了些许野草，火势又起来了，大家再次开始跳起来，一起把身上的疾病因子都让烟火烧掉。大火过后，父亲把供在灶间祭奠剩余的香表，门窗上的对联窗花等放进去烧掉，再把准备好的五谷粮食撒进去。

拍花是燎疳最精彩的瞬间，火堆里扔了五谷粮食，稍等片刻之后，大人们拿着扫帚拍打，有本事高的农人可以拍出好高的火花，从天空中洋洋洒洒下来，形成绚烂艳丽的花朵。这个时候，男主人边拍边喊"风调雨顺、四季清明、五谷丰登"，女主人在一旁叫"胡麻花、小麦花、豆子花、荞麦花"，预示着这庄稼定会大丰收。父亲拿了扫帚拍打灰堆，火星升空散落，这个时候我们就在一旁和母亲一起喊叫"小麦花，荞麦花……"，喊声和欢笑声充满了乡野，烟花映照，每个人的脸上都写满了幸福。

　　几乎同一时刻，村庄里家家户户开始燎疳，村前村后，火光惊吓，满村都闻狗吠声，整个村庄开始一年时光中最后的狂欢。这一天过去，该离别的离别，该踏上远路的远行，似乎一年又一次开始了忙碌，一段美好时光告一段落。遥远的村庄归于宁静，火光冲天的夜归于安逸。那些燎疳节里最后的欢乐将留在埋藏在记忆深处。此刻，我写下了一首小诗：

雨水过后，一种虔诚
像古老的春风，吹进了正月二十三

六盘山下，燎疳节
大年，在这里轮回到终点
一团暖心火，是期盼，是寄托
吹暖了夜空，融进了时光

夜空下，一堆堆柴火
我拉着你的手，站在风里
轻盈地跨过火堆
如迈过溪流，飞过高山
一年一又年，一岁又一岁

母亲与上房

人很多时候都在怀旧，譬如我，就是一个怀旧的人。

常常在深夜时分，闭上眼睛，眼前就浮现起一些场景，它们像是山间一朵朵开放的马兰花，坚韧地扎根在心里河岸边，在风霜雪雨的荏苒时光中，愈来愈坚强。而在这些别有味道的怀念中，上房的影像，犹如一条通往心灵故土的路，承载着我一步一步的脚印，每一个印痕都是心底的麦种，此刻它已经发芽、已经拔节、已经抽穗、已经灌浆，渐渐迈向成熟。

我的老家是西海固一个叫作张易的地方，这里曾经是贫瘠甲天下西海固深处。

甚至比《山海情》里还要偏僻的小山村。这里有四五十户人家，由于地偏路远，山高坡陡，一路要翻越六盘山的支脉——叠叠沟。所以这里曾经是穷乡僻壤的代名词。

我们家就在叠叠沟出沟口，这里曾经是秦汉时期的养马场，曾经的这里水草丰美、骏马奔腾，一批批战马从这里走向战场，战匈奴、驱鞑虏、收复山河。我们家的院落就坐落在马场村山背后的刘家庄。

说是刘家庄，这里曾经有一户刘家，后来因为出去要饭再也没有回来。从此刘家庄就没有姓刘的人了。

我们这里把院子里最大的房子叫作上房，在别的地方可能叫作正堂、在城里叫客厅。而我们家曾经的上房却很小，只容得下一个炕、一张桌子和两把椅子。如今，每每想起上房，就会想起母亲，我心里就有一阵隐隐的痛，一遍遍地在我全身蔓延。

上房是一户人家的门面，建一个洋气的上房一直是母亲的夙愿。

十几年前，我们家的上房是一间 20 世纪 70 年代建起来的土坯房，土地、土墙、土炕，那些土块与土块连接处，自然形成无数个小黑洞，一盏粗陋的油灯发出不太明亮的光亮，无数只无名的小虫子就会自由地进进出出。

那时候，我们向往的家里能盖上一间大上房，房能有一扇大窗户，星星月亮能扑面而来，将皎洁的月光洒在席子上，那该是一件多幸福的事儿。

母亲告诉我，那时候盖一间像样的上房可费劲哩！早早半年，就要打胡集，把黄土打成一块块土砖，码得整整齐齐，一晒就是半年。在此期间，要上山砍杨木椽、檩条、梁，条件好的可以到集市上买松木的。那时候，父母亲利用农闲上山砍树，他抬大头，母亲抬小头，就这样一间房子所需的二百多棵木料被他们用肩膀一根根地从山上运回来。经过一年才备够了建房的原材料。

一根根木头放在院子里，如将士和士兵一样静待"打仗"。胡集一天天晒干，椽一天天刮得通体透亮。盖房开始了，在鞭炮声里立木，当一个个胡集被一铁锹酸泥砌成房基，当一根根椽架上墙，一串串红鞭炮在旷远的西海固壖里啪啦地响起来，孩童们欢呼着，唱着，跳着，去抢那些落在泥土里的糖果，吃着糖，舔着嘴巴。大梁上好了，就该上帘子了，然后再压些干草或苘蒿秆，最后再上泥巴。

墙面的墙皮是麦草和黄黏土泥掺匀搅透，再由泥工匠用抹子抹到墙上，一般要抹两遍，一遍会有裂缝，得再抹一遍，墙面平整光滑，隐约还能看到细细发亮的麦草秸，像是墙面上绘人的细细的花纹。光滑的墙面，光亮的草席房顶。

母亲的叙述让我禁不住对上房又仔细打量了一番，经过三十年风吹日晒，烟熏火燎，它隐现出一种洗尽铅华般的干练和饱经风霜后的厚重。人对凝聚自己心血的东西会格外地珍惜，父母今生最大的成绩除了含辛茹苦把我们送出大山外，就是盖了这间上房，上房见证父母亲含辛茹苦把我们养大，是他们劳累之后的栖息地，是他们躲避风雨的宁静港湾，所以对它如此充满感情。

我还记得我时常躺在炕上，看见被烟熏黄的大梁、斑驳的墙面。在农村家家都睡土炕，一间屋子，两米长占满屋子宽度的炕被称为满间炕。一堵炕墙，几根支撑的柱子，然后拼上泥和着麦草千捶万捶砸成晒干的炕面，就成了农村人一代一代传衍子孙，流完汗休憩的地方，我是在这样的土炕上长大的。

我也还记得，冬天的夜晚，风呼呼地刮着，真冷。母亲在灯下缝补衣裳，我们兄妹躺在炕上，似乎能听到炕洞里星星点点的温暖在跳跃。炕洞的墙壁被火熏得黑乎乎的，也许只有这些黑乎乎的墙壁才能证实它曾经是多么温馨。

我脑海里经常显现瓢泼大雨时上房里滴滴答答的情景，那时我经常坐在上房，透过小小的门，看着院子里有没有积雨，想着在风雨里忙碌未归的爸妈，担心和害怕时刻萦绕在心头，直到望见爸妈回家的身影，我才喜极而泣。

大上房是黄色泥土灵魂，它承载着故乡人成百上千年对土地的敬畏之情，面朝黄土、倚土而建、贴土而眠，也是一代代农村人奋斗的精神之源。

一座座泥土木椽做成的上房，累积着岁月的点点痕迹，真实地记载着一个人的一生的沧桑和一个时代的变迁。多少年来，上房宽容地容纳着一切曾经经历的哀怨和悲伤，温情地收藏着悠悠岁月里点滴的惊喜和记忆。突出的棱角已被年岁磨圆磨滑，却见证着来了又走了、走了又来了的人们的生活的变迁。上房所容纳的记忆是泥土的、木质的，散发出泥土清香、浸透着人间百味。

十年前，我上大学回来时，经历两代人的上房茕茕孑立。想想，上房定是在煎熬中度过，当村里别的新房子雨后春笋一般拔地而起，一间间砖瓦房升起袅袅炊烟，里面充满欢声笑语时，上房此时一定会倍加思念自己的亲人，这两年它何曾不是一直在苦苦等待亲人的到来。想到这里，我为做出选择回老家过年感到无比正确，这里除了浓浓的人情味，还可以其乐融融地陪伴上房过年，让上房孤独的身影不再被拉长。

"为的是争那一口气，也给我们有个落脚的归宿。"十年前，母亲再次把盖上房提上了议程，这次在国家大好的政策支持下，一座红砖红瓦的大上房拔地而起。母亲看着新房子潸然泪下，仿佛那座土坯的大上房容光焕发地站在面前，久违的亲切、久违的感动、久违的深情。

如今，平缓起伏的丘陵、错落延绵的农田、广阔纵横的庄稼地，青瓦、砖墙、牛圈、鸡舍、拖拉机……以及屋宇间弥漫的炊烟。如今的故乡处处风景，处处暖意。

这么多年来，母亲永远是上房的主角，那袅袅的炊烟，熏白了她的发鬓。我还想起牛栏那头强壮的大尖牛，成群的鸡，繁重的农活，以及岁月的风霜都写在她沟壑般的皱纹里。母亲在迅速老去，她的脸庞有时光雕琢的痕迹。如今，她鬓发花白，但她守望儿女的眼神依然不减当年。而在落日的余晖里，母亲不堪重负的身影时常让我寝食难安。

母亲站在上房前，看着上房溘然而去，一段时间里都黯然神伤，沉默不语，上房对于母亲来说不仅仅是一座房子，更是她一生的情结。我曾住过的老上房母亲死活不让拆，我理解老人对上房的深情，母亲是想留下一点念想和怀念。

在上房中度过的那些悠然的岁月，已成为我们心灵永远的滋养，这里留下我们呱呱坠地的第一声啼哭，记载着我们童年的喜乐。从离开家乡的那一刻起，我的心时时刻刻都没有离开过生我养我的那座上房。

几十年来，岁月在这里停滞不前，仿佛这一切，都是一种静谧的存在，又垂落在屋檐上。伫立在窗边，我仿佛看见，几只青绿的草虫潜伏在墙角里，弹唱着幽然的曲调；或是目光越过远山和流云，沿着上房的一扇窗拾回过去岁月那些身着粗布衣裳的童年。

如今，站在故土，"面朝黄土，背靠大山"让人心里觉得更加厚重踏实。

今夜站在院子里，皓月当空，庭院四周，万籁俱寂。没有了都市的喧嚣，也暂且忘却那挥之不去的雾霾笼罩的天空。完全独享一方宁静，让人心灵沉淀，思绪飘荡。此刻的上房是属于我一个人的世界……

　　让我们"留得住青山绿水，记得住乡愁"，怀念家乡的上房，留恋家园的亲切。也是为了留住曾经的记忆……

年的归途

转眼时光荏苒，转眼又是春节临近，故乡的路也愈来愈近。想起那条穿越叠叠沟的路，想起那村庄上挂着的炊烟，想起村口大树下那个熟悉的身影。想想，泪水湿润了眼眶。

身处在异乡游子们，眺望着头顶上的明月，总是感觉情愈切、心愈空。看着月光洒下来，感觉异乡的月亮还是冰冷了一些。

"月是故乡明"，我想故乡的月是一缕思乡情，时常萦绕在我们心头。那一缕缕的月光足以暖彻人心让人感受到恰似"人间四月天"的美好。

我想这样的月光只有"故乡"才有。因为故乡的月光总是和我们有着亲近的感觉。因为故乡月光下的每一滴雪都在诉说着我们这一生的温情。

其实月亮依旧是那个月亮，月光也依旧是那个月光，只不过是人所处的环境变了，然后心态也有所改变而已。

仅仅是年愈近，思乡愈切，故乡的重量愈沉。

一

正如古人所说一般——"万里乡愁明月处，只变人心不变人"。

当我们背起行囊，离别故土，无论身走多远，历经沧海桑田，那若有若无的乡愁，只静静地泊在心之陌上。年复一年，日复一日。我一直相信，年，是人生最浓的滋味，需要用脚下的路来一步步丈量，需要用心去一点一滴地感悟。故乡的路，是一条最美的路，是温暖游子一生的纯美梦境。

故乡是我的故乡，他乡与故乡，故乡与他乡，只是属于自己，属于每一个离开的人。故乡有亲人的挚爱，有朋友的情谊，有愈来愈亲切的记忆，也有曾经遗失的伤感与情愫。正是因为他们的存在，所以我们才无比牵挂那清辉之下的故乡。

无论是上学、工作、打拼抑或是已经定居异地，只有在一次次深刻孤独之后才会明白，或是只有在外辗转多年失落，更或是功成名就时追求精神支持时，突然想起归乡，回故乡看看，异乡再好也都是陌生且冰冷的，故乡一条烂泥路、一棵半死不活的老树，飘荡袅袅炊烟，乃至是炕上那股味道，也是如此亲切和感动。

游荡多年，无论你哪座城市，那里永远没有一盏像故乡的明灯是为你而亮的。

而故乡却不同，里面有一个家庭，那里有一盏灯，一直在亮着，只等待着我们的归去。因为故乡的他们正驻足等待着我们。如果失去了他们故乡就回不去了。

二

毕淑敏曾说:"父母在人生尚有来路,父母去人生只剩归途。"孩子们,故乡张易,在喊你回家过年。人未走,心已远,离故乡再长的距离,也有血脉相连,有父母,有老屋,有那萦绕在每个孩子心头的牵挂。

多少年了,当身处他乡的你,吞咽着酸涩的风雨,辗转漂泊在陌生的街头。不禁会回望,那岁月深处的暮霭里,渐行渐远的故乡。甚至会无法自已,去重温那定格在时光深处的记忆。

故乡,其实就是一场义无反顾的精神旅行,春听鸟叫,夏听蝉鸣,秋赏红叶,冬听雪声。不同的阶段有不同的画面,不同的年龄有不同的心智,不同的生活有不同的感悟,不同的风景亦有不同的韵味。就像我们的根在故土,心在父母。

无论是在香炉山下,无论是在宋洼坝边,无论是在堡子山上,无论是在闫关路边,哪里有父母,哪里便是我们的故乡。故乡不仅仅是一个地方,更是一个亲情和温情交织的精神家园。

无数次,梦里总会见到父亲,那个拔麦割麦碾场的父亲,那个修犁架椽的父亲;那个爱喝两口小酒,爱哼几句秦腔的父亲;那个拉着架子车跑几十里路,卖了粮食为我凑足学费的父亲,那个夜半三更下炕,为我扫开山路上积雪的父亲。我还是怯怯地跟在他身后,走过泥泞的河坝,走过青青的田埂……

我也会想起母亲,将吃完的饭碗,颤巍巍地送回灶台;为我烧热土炕,摊开铺盖;想她给我暖暖的家和稳稳的幸福。此刻，她正双手拢在袖口里，伫立在村口的大榆树下翘首以待。晚来的雪，漂白了她泛着生活盐碱的头发。她正在等我回来，像小时候一样，牵着我的手，一起回家。

有父母的家那才算是家。看看父母的脸，已经有了很深的皱纹，他们的头发已经白了，就像一层白霜。不知从什么时候开始，父母的腿脚不太利索了，走路都很慢了。但是父母却一直很"坚强"，不愿意在你面前诉苦，也会让你担忧。

再看看你自己，也老大不小了。在外面奋斗了那么多年，不知从哪一天开始，就长了一撮白发。你的笑容里，有了一抹忧伤。

多回家看看，也许我们看的不仅仅是故乡的外在，更是内涵。无论它贫困与否，它里面都有一种内在的底蕴，那就是"乡情"。每一个地方都有它独特的情感寄托。而这样的寄托都是大多游子内心的所思所想。

三

诗人艾青说："为什么我眼里常含泪水？因为我对这片土地爱得深沉。"随着离乡愈久，那种深沉的爱便愈加浓烈。其实，每个人的骨子里，都有一种"落叶归根"的情愫，这样的情愫，是与生俱来的，无论何时何地也无法抹去。无论你走多远，你的根还在故乡，你的生命里，还带着故乡的泥土味，你一开口说话，还有未改的乡音。

那山依然绿着，儿歌依旧在婆娑的树影下打晃；那风还在飘着，荞麦的清香弥散在湿漉漉的田野里。那人，应该也还好吧？一朝别离，隔空相望，山高水远，归路难觅。思来锦书难寄，浮生种种莫提。

世间最美的地方叫作故乡，世上最亲的人叫作故乡人。不管它变得如何，它依旧是我们最为牵挂的存在。每当我们听到乡音，我们都会感觉特别亲切。因为一条河流的水滋养出来的人，终究是有感情在里面的。

一句话便是一种牵挂。不管我们走向何方，是走到了天涯还是走到了海角，只要故乡的亲人还在，那么我们的"故乡"便在。温情是我们血脉中的"家"的存在，更是我们内心深处难舍难分的感情。

孩子们，年近了，该回家就回家吧。因为家乡的饭热了，那里的人正等着你回来。

我仿佛听见庙门轰隆隆的鼓声，灯笼照亮大地的声音；山风擦着炊烟的声音，暮雪落在青瓦上的声音；一遍遍，合着我心脏跳动的轰响……

我们和故乡，都在彼此的泪水中，互相守望和漂泊。那个春风送暖的故乡，那个麦草青青的故乡，那个秋草萧疏的故乡，那个千山暮雪的故乡……那个一经离开就一直想回去的地方。

远征大战场

其实，那段历史我是模糊的，在我心底却是雄浑的、悲壮的，夹裹离别与希望，不舍与期盼，迷茫与向往，无助与闯荡，冥冥之中有一种力量在驱动一代又一代人勇敢前行。

从西海固的张易镇到中宁县的大战场，几百里的路途对于那个年代来说，那是一场实实在在的远征，一场为了生存而背水一战的"长征"。

一

二十世纪九十年代的西海固，贫穷与饥寒依然做伴，张易、红庄等是原州区几个偏远乡村之一，这里十年九旱，靠天吃饭的他们不得不远走他乡，离开家乡，去一个名叫大战场的地方谋生。

他们不知道去的具体地方，不知道那里有没有高山、有没有河流、有没有山林，甚至有没有人烟。他们只知道那里有黄河水，那里有水渠，那里有一大片一大片的土地，等待他们去开垦。

有了水，就有了生命，有了生命就可以生存，这是这场远征最大的初衷。

曾经一篇候鸟迁徙文章里说道，候鸟为了生存，奔波千里，虽然知道前方是一路荆棘，迁徙中可能跨越不了一条大河、飞越不了一座高山，很可能死在迁徙途中，但他们深知，如果不迁徙，那才是真正的死路一条。父辈们就是抱着这样的决心和毅力，毅然决然地开始他们这场生命的远征：从干旱的张易搬迁到了中宁大战场。

那时候很多人都不愿意离开张易，曾经生养滋润大家的地方。去一个陌生的地域，意味着要去拼、要去创，那里有希望也有绝望。

几个爷爷是不愿意再动弹了，他们不想再折腾了。自祖辈起，家族四代人一直住在这座村庄，世世代代沿袭生活，已经近七十年了。爷爷们早就习惯了在这里生活，他们不愿离开这片土地，更不愿意再去和小时候一样"逃难"。

但是，爷爷没有反对父辈们的搬迁。父辈们在这山沟沟里穷怕了，他们想出去闯一闯，翻个身。七八个弟兄经过商量后，四个老哥留下来，五个弟弟跟着一起搬迁，去大战场。

那年，我八岁，但仍然清晰地记得一户户陆续搬离村庄的情景。

二

搬迁的前一天，二爸沿着河滩、山洼、豁岘，把村庄的每一条路、山上每一条沟、每一个湾都走了个遍。暮色降临，以往这个时候，正是他干完一天的活往家里赶的时候，家家房屋上冒着炊烟，饭菜的香气远远飘来，他往往要在村口坐下，不急不忙地抽一支烟，细细欣赏这村庄里静谧的气象，享受这黄昏时分惬意的片刻。而明天，他却要离开这里了，从此这里已经不再有家了。

暮色苍茫的麦地，宁静祥和的砖瓦房，还有不时传来的一声鸡鸣和狗叫，这是他自出生以来再熟悉不过的情景，以前觉得是那么平常，如今却在他心底荡起阵阵涟漪，仿佛这一切都对他也不舍，不舍他扛着锄头上山哼的曲子，不舍他耕地时的一声吆喝。

此时此刻，这一切就像一幅木刻一样雕刻进了他的心中。也许这一辈子，他能记得最清楚的晚景就是它了。

离开的前一夜，注定是个难眠之夜，一种离家的不舍弥漫在村庄上空。

入夜时分，夜深人静，大家陆续忙活完搬迁的事情，拍了拍身上的土，上炕。母亲端上一盘咸韭菜，一小盆奶奶从炕洞里刚烧出来的黄葱葱的洋芋，放到炕桌上，招呼大家吃点，可是却没有一个人应声。屋子里陷入了前所未有的寂静，三爷爷斜靠在炕旮旯里吧嗒着烟锅，父辈们盘腿围坐在炕上，一个个若有所思的样子，一言不发。

其实，大家的心里都一样，觉得心里堵了许多话，却说不出，不知要说些什么，不知要怎么说，便沉默复沉默。屋顶的灯泡闪着微弱的光，映在每一个人的脸上，仿佛就连灯泡都要再看一遍他们的面容。

耳边隐隐约约传来二爸低声的絮叨："哎，这是你的家，是你的家啊，你在这里生活了三十年，三十年啊，你会永远记得这里的每一片土墙、每一片瓦，还有门前的大榆树，永远要记得，永远会记得的……"说着说着，声音便哽咽起来，晶莹的泪水从脸颊上流了下来。

屋里的空气窒息了，一切都沉浸在一场悲伤里面。"他二爸，别多想了，你们还会回来的……"大家一个劲地安慰着，时不时地用袖子抹着泪水。一场离别的夜晚拉开了帷幕，大家纷纷开始倾诉离别的难受与不舍。那一夜，大家坐到很晚，说了好多几十年来都没有对彼此说的话，直到四点多才各自回到家里。

三

第二天，天刚麻麻亮，乡亲们便早早地赶来送行了。握手，话别，流泪，哭泣。父母送子女，兄弟送姐妹，亲戚送亲戚，邻里送邻里。

我依稀记得那年冬天特别寒冷，凛冽的寒风吹得我瑟瑟发抖。父亲和几个大伯们一起帮他们正忙碌着往车厢里搬东西，一个大衣柜、一张圆桌，再就是锅碗瓢盆等杂七杂八的东西，没有什么值钱的，但都是生活必需的。

二爸看着三爷爷走来送别，他只喊出"大"，就说不出话来。三爷爷老了，干瘦，背微驼，满脸皱纹，泪水在皱纹的沟壑里流淌，他用衣袖揩着泪，泪还是不断地流。二爸张了张嘴，说不出话来，只有泪像泉水一样源源不断地流，流，还是流。

三爷爷叼着烟锅，吐出来的烟雾飘荡起来，让那瘦削而沟壑纵横的脸更显沧桑和神秘。大家搬东西时，三爷爷不忍心去搬，也不忍心去看这样的情景，独自一人躲到大榆树下，泪水就簌簌而下。他感到，这是把儿子们的灵魂从躯壳里一点一点地搬走。

今日，他的烟瘾格外大，是一锅接一锅，烟雾老在他脸上飘忽。时不时地还搭把手，把一些零散小物件，递给儿子。整个场景是繁忙和混乱的。六七户人家，车子、人、东西，这些挤在一起，一片忙碌。叫唤声、物件磕碰发出的声音，这些交织在一起，一片喧哗。天空开始飘起了雪，房屋和树上白了。

"这个破壶淌水了，撇了算了，没地方塞。"二妈手提着一个破旧的电壶说。"能带走的都带走，陪了咱们这么多年了，我们的一些东西已融进它们里头去了，他们的一些东西也融进我们里头来了，已经成了我们身子的一部分，就好像我们的手，就好像我们的脚。你哪懂这个道理。我恨不得把泥土都挖一块带去。"二爸的一番话让大家都为之动容。

车厢被塞得满满的，二爸他们在装家具时专门留出一块地方，大家各自就挤在这个小小的空间里。

离开村口的一刹那，我看到伯父乡亲们与远行的他们一一挥别，大家泪水不由自主地掉了下来，就连素不相识的也有好多人眼圈都红了。

四

人其实是惧怕陌生的，陌生容易让人寂寞和孤独，改变环境需要勇气。从张易到大战场，几百里路，就像一条飘带把大家紧紧联系在一起。这是一次历史性的壮举，这是一次吊装搬迁的跨越。山大沟深、沟壑纵横、干旱少雨的西海固，一场贫穷命运的迁徙正在生动上演。

雪愈下愈大，天色渐渐地暗淡下来，冷风越吹越冷。一辆辆搬迁的车队沿着固将公路前行。我们看着车队渐行渐远，消失在视野里。

后来我才知道，他们搬迁的这条路正是古代的丝绸之路，他们沿着古人的步履再一次踏上新的征程。尽管离别酸楚、路途遥远，创业艰辛，他们眼前是希望，是新家园，是新生活，心里总是雀跃。

我仿佛看到，他们的车一路向北，出叠叠沟，经三营、李旺、同心，直至中宁。我仿佛看到，在大战场深处的一个移民点上一盏盏的灯光一次次亮起来，一大片一大片的玉米蓬勃生长，远处的他乡亦是故乡，那里不再荒凉，缺失新的希望。

鲁迅说："这正如地上的路。其实地上本没有路，走的人多了，也便成了路。"梦想需要远行，精神还须留守。

如今，每当逢年过节，二爸他们会驱车几百里回来，他们经过自己艰难的奋斗，已经过上了富裕的日子，甚至比留在村子里的人过得好，但是，他们自始至终都没有忘记家乡——这个生他养他的地方，没有忘记那次生存的远征——让他们在艰苦中获得了成长，没有忘记那条绵延百里的丝绸之路——让他们在岁月深处更加幸福。

爷爷的古湾

　　也不知道什么时候，习惯了回家，习惯了在庄稼地里彳亍，漫无目的地爬上大洼梁，悠然自得地走过红土洼，举目遥望一下静谧的南湾，唯独在古湾里，我会在这里停下脚步，抬头环绕地目视四周的麦地，站在祖坟前，看着古湾里睡着的祖辈们，澎湃的内心升腾起阵阵敬畏。

　　自从祖辈们从甘肃静宁任家庄逃难到这里，已经近一个世纪了，祖辈们用汗水将这片土地滋养成我们的栖息之地，用深情辛劳地将儿女们哺育长大，这里成了他们的精神故土。爷爷也睡在这里，这一觉儿，一睡就是三十多年。直到现在，也没醒。而且，再也不会醒来。但爷爷睡觉的这块麦田，却一直活在我的心间。

一

　　时光荏苒，尽管已经三十多年了，但是爷爷那蹒跚的步履，满是裂纹的手紧握着的烟锅，一手抓着把头扛在肩膀上的铁锹，佝偻的身躯、慢吞吞的背影，宛如一幅声情并茂的版画，一直印刻在我心底。

听父辈们讲，七十多年前，一个晚秋的霜晨，甘肃静宁老家闹饥荒，为了能活着，爷爷兄弟三人每人一个扁担，和几个乡亲们一起，饥寒交迫地踏上东行的旅程。爷爷扁担里担着嗷嗷待哺的孩子，背上背着一麻袋锅碗瓢盆，嘴上含着烟锅子，一路坎坷寻找可以栖身的地方。不知道走了几天几夜，到了一个叫作"刘家庄"的地方，一打听这里仅有几户人家，看着熟稔的地貌，霜染的草地，随风摇曳的茅草，还有大片大片待开垦的土地。爷爷激动地喊道："到家了，到家了，咱们到家了！"

——这地方有什么好！遍野荒芜，一眼望不到树影，近瞅找不出三分平地。高低起伏纵横交错的山梁间，分散着一片片不规则的蒿草地。安顿下来，爷爷便在大洼梁的一个崖下面扎了两孔土窑，便把"家"安下。

在这里，祖辈们带着大家开始了一段艰难的拓荒史。修路、架桥、开垦耕地，年复一年，与这片救命的土地相依为命、相互扶持。家族某种意义上是民族的缩影。我们家族的发展史，是一部以刘家庄为背景，与饥饿、疾病抗争的历史。

这也许是爷爷的宿命，一辈子为生活艰难地奔波，一辈子背负着沉甸甸的家族责任。在我记忆里的只是那些断断续续的瞬间。

二

土地是爷爷的"命根子"。每年秋天，麦子收割之后，麻雀在麦茬间紧张觅食。爷爷总是早早起床，摸着黑，趿拉着破布鞋，给家的老骡子拌好草料，给青铜的烟锅里瓷实地捣一撮旱烟，一边吸着，一边瞅着骡子吧嗒吧嗒地吃个肚儿圆。奶奶踮着小脚跑到圈里，抱怨说，黑灯瞎火的，咋能看见耕？爷爷是不作理会的，赶着骡子从牛圈坡子上去一路去了古湾耕地。他执意犁翻深深浅浅的麦茬，好像要让疲倦的麦田晒晒太阳。

麦田晒到了半干，爷爷却没有摸黑儿套骡子，而是等到天亮。我不止一次看到，爷爷弓着身，一手扬着鞭子，一手拽着缰绳，站在木耙上，驱赶那头老骡子，将海浪般起伏的田垄耙碎。我发现，爷爷甩起的鞭子，声音很响、很亮、也很脆，但响在田野、脆在半空，没有一次打在骡子背上。

白露早，寒露迟，秋分种麦正适宜。这句农谚，合辙押韵，像首诗，丰满而凝重，是爷爷告诉我的。我记到了现在，虽然我不种麦已有好多年，但爷爷起埂、条垄、耧种、磨地的影子，有些像摄影家镜头里的《庄稼汉》。田埂笔直，麦垄方正。寒霜如期而至时，变成麦田的麦田，像绿透了的春天，幸福地平躺着，懒洋洋地晒着太阳。

麦苗用了一个冬天、一个春天、半年夏天来生长，爷爷跟着麦苗的脚步，弓身除草，弓身施肥，躬身呵护每一颗麦苗的拔节打苞和抽穗。古湾麦地东南角的那棵白杨树，粗大的树干，布满皱纹，像爷爷的额头。

这棵大杨树，是爷爷种下的。没有杨树之前，麦田是盐碱地，是荒草滩，不长一颗麦。那年冬天的一个中午，奶奶"忽悠"我：你是尕娃子，愿不愿意帮大人干点活？我上了奶奶的"当"。我挎着奶奶递给我的笼子，按奶奶指给我方向给爷爷送饭，却不知走了多远，才隐约望见，一头骡子影儿，一个人形儿，一个在前，一个在后，一个伸长了脖子，一个佝偻着身子，弓步推着铧犁，像朱仙镇的那组《耕牛图》木版画，许久才见他们动上一动，像睡着了一般。

午时的阳光，撩拨着沧桑的烟尘，一股苦涩的味道。太阳底下，爷爷一边吃，一边用粗糙得跟老树皮没什么两样的手，擦一擦脸上的汗水。他的裤脚和胶鞋上沾满了黄土。骡子也是浑身湿漉漉的，鼻孔和嘴巴同爷爷的一样，像是冒着烟。而柳条篮子里的笼布里，装着奶奶做的苦菜饼，早已温凉不沾，冒出的热气，不及爷爷脸上的汗珠。而且，爷爷的汗珠，不但有热度，更有力度，摔在地上，像他干涸的嘴唇，丝丝的声响，洇湿一片白花花的盐碱。

那年，我不到五岁。盐碱怕汗，爷爷说的。他说汗流多了，盐碱自然就没了。这么多年，爷爷的汗水像着了法力，淌到春天，麦苗绿得透明；淌到夏天，麦谷娉婷袅娜；而麦花弥散、麦香缭绕时，爷爷的汗水淌进了麦田，压低了碱，洗去了盐，却没有削减爷爷变了形的十指骨节的疼痛，洗白爷爷黝黑的脸。

三

弯月不锈，锈了的是岁月。麦子收获了一茬，爷爷老去了一年。爷爷老去了一年，麦子又收获了一茬。周而复始，爷爷像麦子的时令，白露耕地，秋分播种，立冬要给麦子浇灌过冬水。过了年，一开春，爷爷不是给麦子拔草，就是给麦子施拔节肥，总之，爷爷忙不得闲，而他的腰，弯得更像一把弓。

又一年，布谷鸟拖着长长的颤音，俯视这片麦田，但"咕咕咕"地叫了半天，也没看到那把磨得如明月般的镰刀，更没看到"弓"一样的身影，只看到大杨树的旁边，隆起了一堆的土包，慈眉善目的，似是向布谷鸟招手，又像为骄阳下炸响的麦粒送行。爷爷睡了，睡在了古湾的那块麦地里，这样他就可以安详地看着麦子破土、长苗、拔节、抽穗、灌浆、成熟，岁岁年年年年岁岁。

尽管已经过去了三十多年，那些情景已然模糊，那些细节已经遗忘，但是曾经那些让我感动的话语依然刻在我心底，那些让我久久不能忘记的瞬间依然让我不由自主地翻开回忆，一遍一遍地回味，一次一次地体悟。

春分已过，清明将至，我想起睡在古湾里的爷爷，睡在古湾里的祖辈，他们用坚韧的身躯扛下了半个世纪的艰难困苦、雨雪风霜。

四

一座坟茔，朴实无华地在故乡的一个角落睡了近百年，埋藏着祖辈对幸福安康的渴望，埋藏着爷爷对五谷丰登的憧憬，埋藏着一个家族为幸福与命运的抗争……

我记得爷爷去世那年，奶奶深情地说，这块麦子地，是你爷爷亲手开垦的，是你爷爷一手耕种的，它是你爷爷的生命，既然他累了，就让他在这歇歇吧。说这话时，蓄在奶奶眼睛里的悲恸泪水，哀痛不堪地涌出，顺着她粗糙的脸颊，吧嗒吧嗒地掉到了麦田里，而麦穗黄澄澄、金灿灿的，压弯了麦秆，像爷爷的腰。

那年的冬天，大雪覆盖了整个古湾，合了爷爷的心意。他常说，冬天雪盖三层被，来年枕着馍馍睡。就像他是雪中的一颗麦。但是，爷爷不能再说话了。而且，永远也不会再说。然而，爷爷给我描绘出一个美妙的世界，尽管那个美妙的世界里，都是些草芥的事物，却蕴藏着奇妙的生命密码，在我心中生长出了淳朴、善良和憨厚！

如今想来，生命和自然有着千丝万缕的联系，就像爷爷已经睡去，站在古湾深处，看着丰收的麦田，满心欢喜、满眼安详。

每年的清明节，我都会来到古湾里的这块麦田。麦苗依旧绿色，田埂的杨树嫩枝依旧金黄，这黑土地仿佛在轻轻抚慰，散发着泥土的芳香。祖坟里探头的小黄花迎风摇曳，安静地绽放着，映衬爷爷那座和蔼的坟茔，远远望去，显得那么英武庄严。微风拂过，花叶微微点头，仿佛，通了灵性。

恩师老牛

时间总是匆匆而过，自己仔细算算，高中毕业已十五年有余，工作十多年来，时不时还会去我的母校——固原二中看看，在门口的报刊栏前，长久地驻足，二中不改的传统，每天都更新那一排长长的报纸长廊，这里成了学子们通往外面的窗口，《参考消息》《人民日报》《宁夏日报》《固原日报》等报纸每天都更新，这里每天都有很多老师和学生站在这里，一起站着阅读。

而这里面，我常常会遇见一个很熟悉的身影，他就是我的恩师——牛文明。

牛文明是我高中的语文老师，我们一直称呼他老牛。老牛是我在上初中的时候就知道他了，他是地地道道的固原红庄乡人，是我老乡。我在红庄中学读初中的时候经常听老师们提及他，说他是个刚直的人，说他热心肠。因为都是红庄人，所以每每有人提及他，我心里就是暖暖的，总感觉到自豪和骄傲。

没想到，我步入固原二中便成为他的学生，这让我倍感亲切。第一次见他是开学的班会上，班主任向我们一一介绍我们的代课老师，第一个就是牛老师。他个头不高，身着一身浅蓝色的西服，满脸笑容，英气的剑眉下，一双亮如繁星的双眸，宛若寒潭一般深沉，时刻闪烁着坚毅和睿智的光芒。他的声音洪亮，谈笑间，神情颇为洒脱。他的话语中透着一股勇敢之意，眼神中有一种敢爱敢恨的执拗之色。这也是我对他的第一感觉，心里有种敬畏又可亲的感觉。

第一次离开家，来到城里上学，心里一直有一种畏惧感，不喜欢跟人沟通，不喜欢和同学们打成一片，更多的时候是一个人。大家课外活动的时候，我在教室里一个人坐着看看书，别人一起在教室里打闹的时候，我站在教室门前的树下发呆。

生活的贫困加剧了我的自卑感，因为班里所有的同学都知道，我家里穷，我上学的一部分学费都是学校资助的，我深知这学习的机会来之不易，这也让我陷入了自己设置的牢笼里。

老牛看出来了我的心事，他或许更能了解一个贫困孩子在城市学生居多的班里应该是一座孤岛。他常常把我叫到办公室里，问问家里的境况，谈谈我的学习情况，或许这是与生俱来的亲切，我对他没有一丝隔膜感与距离感，更多的是对他就像长辈一样，把自己内心世界打开，把自己的烦恼和心事说出来……

在二中上学那几年是家里极度艰难的几年，哥哥在天津上学，家里开支越来越大，靠几亩薄地维持生活的家里实在没有力量供我上高中了，高一第二学期，我濒临辍学。老牛听说之后，来到我家。那时候，我还在山上放牛，姐姐跑来说牛老师来我们家叫我去上学的时候，我心里一种痛与感激交织着。痛，只为自己不能改变的家庭状况。感激，只为老师依然如父辈般关爱着我。

就这样，我没有交学费，回到了二中，回到了我热爱的班级、我热爱的课堂，继续我的学业。同学们得知我的情况，纷纷慷慨解囊，为我捐款。我被老师和同学们给予我的帮助深深地感动着。

后来，我才在我们班主任那里得知，是牛老师帮我交了部分学费，才能让我继续读书。现在想来，那该是多么大的恩情。要知道，他也是农村出生，尽管是老师，但是家里负担也很重，能拿出钱来资助我，就是要从自己的生活中节衣缩食。

印象最深的是牛老师帮我买的那一身校服，至今还在。那时，不是每一个学生都必须买校服的，经济条件不好的，可以不买。对于我，肯定是不买的。我是班里唯一一个没有买校服的，班长统计号码的时候，我也默默躲开了。其实，在我心里，我多么想和其他人一样，每天穿着校服上课、做操、上体育课。这对我真是一种奢侈。

发校服的时候，我也躲开了。我不想看着班长喊完所有人的名字的时候，唯独没有我。

当我估摸大家发完校服的时候，我才走进了教室。当我走到我桌上的时候，我看到桌上放着一身崭新的校服。我心想，一定是发错了。我询问班长，班长说，就是我的，他还特地问过班主任。

我沉默了。我不想让人知道自己订不起校服，还让别人帮着我订，我默默收起了校服。直到我高二第二学期的时候，我才知道，这校服是牛老师帮我订的。从一开始，他就做了一个决定，资助我读完高中。

尽管事情过去很多年了，至今回想起来，心里依旧是满满的感动，满满的暖意。

从此，我每天早上桌子上都多了一份温暖的早餐。三个包子、一个糖酥馍、一个菜夹饼……四百多个清晨的早自习，四百多份满含深情的早餐。很长一段时间，我很想拒绝，因为这份恩情实在太重。后来，我才明白，唯有以自己的努力、自己的成绩回报恩师，方能不愧于他深深的恩泽。

高中毕业，我尽管考入了一所不错的重点大学，但是还是没有达到自己应有的成绩。我愧对大恩于我的母校，愧对大恩于我的老师，愧对呵护我三年的牛老师。我像一个叛逆的孩子，逃离了故乡，逃离了大家。

大学四年时光，让我平静下来，每每想起高中的那些日子，我总会想起牛老师，想起课堂上他博学的论断，他神采奕奕的表情，他为我们讲的每一节课。

毕业后，我回到了故乡，回到了固原。我要去见见恩师，说说我这四年的感受，我好久都没有畅谈过自己的心事了。

那年大年初三，我和一个同学去他家拜访。他还是那样，一如既往谦逊，一如既往和蔼，一如既往幽默。那一夜，我们酌了几杯小酒，也畅谈了一些感受。从那一刻开始，我们成了朋友，有长辈尊重，有朋友的情谊，更有十多年来的恩情。

现在，我们尽管不常见面，但是心里都明白一些事、一些情永远不会改变，因为我们心里永远珍藏着它，永远呵护着它。

这，就是我的恩师：牛文明。

故乡原风景

回家的感觉是宁静的。走在村庄，我能侧耳聆听雨点不慌不忙地落在瓦片上；我能听到窗外的枝丫上，鸟儿唧唧鸣叫；我能听到，村口那条潺潺的小河，生生不息地流淌着。

今夜，游子当归。今夜，心灵安放。今夜，回到故乡，漫步在六盘山下一个叫张易的小镇上。

在这里，我感觉自己是如此宁静，再也不用掩饰，再也不用彷徨。我尽情地呼吸着空气里泥土的芬芳，听着洋芋花窸窸窣窣盛开的声响，触摸星光下蛙鸣的清凉。此刻，那些思乡的情愫渐渐在心底安放。

是的，我回到了故乡，我感受炊烟拨动了我的心儿，感受春风在漫山遍野荡漾，感受月色里拥吻的溪水，感受窗棂边的灯光在叙话。我想把我怀念的一切都装进我的心里，躺在故乡的暖炕上，回味儿时的时光，把它与我爱的人和爱我的人一起分享。

这一刻，一种思绪在血脉里流淌，故乡原风景已装满胸膛。

一

《论语》有云："父母在，不远游，游必有方。"自古以来，无数文人墨客吟唱过游子的思乡之情。"渔灯暗，客梦回。一声声滴人心碎。孤舟五更家万里，是离人几行清泪。"家是游子梦魂萦绕的永远的岸。

十八岁那年，我背井离乡，去了千里之外的北京上大学。那时候，不知道多少个夜晚，我总是梦回故乡，隐隐约约，时而远、时而近，时而清晰、时而模糊。一次次坐着火车快到家门口，火车却停滞不前；一次次走在回家的路上，鞋子却遗失；一次次欣赏乡路边的风景，却骤雨欲来……

是啊，从来没有离家这么远过。每每失意或是惆怅时，第一时间想到的都是家，都是故乡。离家是成长的代价，我就像一叶漂泊的风筝，摇摇曳曳向着远方的辽阔，而双鬓如雪的父母却始终在另外一头牵着那支线。

无论身处何方，当我累了、倦了，我想的都是故乡。那是我曾经出发的地方，那是我歇息停留的地方，那是我疗伤抚慰的地方。那里没有竞争、压力、责备、嘲笑，那些伤、那些痛，淹没在故乡的每一寸地方。

如今，我一个人又在故乡百里以外的地方工作，感觉像秋天飘零的落叶，既想站在山梁远望草木溪流，又想回归大地之怀。我想，故乡是席慕蓉诗中那支清远的笛，总在有月亮的晚上响起；我想，故乡也是余光中笔下那张窄窄的船票，总是在呼唤游子归航。

渐渐地，看惯了城市的灯红酒绿，还是故乡的空气最清新；走惯了高楼矗立的街上，还是感觉故乡的土地最辽阔；穿过了城市的灯火阑珊，总会想起故乡那灿烂的星辰；尝遍了他乡的酸甜苦辣，总会怀念故乡那质朴的乡情。

二

鸟儿倦了要归林，树叶落了要归根，故乡永远是游子梦里的原风景。故乡里，有母亲飘逸的围裙撩动着长面的醇香，有父亲烟雾缭绕里苦苦的罐罐茶，有院子里小伙伴们打四角板时的欢笑声。而今，每次回家看见，眼睛里闯入更多的是父亲额头奔跑的皱纹，母亲头上蔓延的白发，还有我们无缘无故的丝丝愁绪。我不知道什么时候，飘舞的雪花染白了母亲的黑发；萧瑟的风霜把皱纹在父亲额头刻下；无情的夜风把父母的温暖的怀抱吹凉，冰冷的月光把他们渐行渐远的苍老背影一遍遍拉长，而我心里，是一声声惆怅伤痛的呻吟。

归乡时刻，我想起了笛声，那是一种悲凉凄切、清远悠扬的回响。在万籁俱静的小镇，在暗霜凝聚的深夜，在秋风瑟瑟的堡子深处，永恒回响一曲清旷悠远的笛声。它仿佛诉说着人生中的迷离风景，那么深重低沉，让漂泊的游子闻笛伤怀，归心似箭；让戍守边关的将士闻笛兴感，思家念亲；让他乡沉浮的迁客闻笛嗟怨，自伤自悼。

我想到了李白。在一个春夜，他漫步在洛城街巷，看着万家灯火渐渐熄灭，白天的喧嚣归于平静。蓦然间，远处传来一阵嘹亮悦耳的笛声，这凄清婉转的曲调随风飞扬，飘飘荡荡，铺天盖地，笼罩整个洛城。站在笛声深处，他洋洋洒洒地吟出了："谁家玉笛暗飞声，散入春风满洛城。此夜曲中闻折柳，何人不起故园情！"借满城飘荡、无处不在的笛声，抒发了他游子漂泊天涯、思念故园的殷殷情怀。此刻的我和千年以前的李白一样，一个远离故乡的游子，站在异乡的窗前，痴痴举头望明月，那远处的笛声如一条归乡的路，让我一步步逼近故乡，逼近那个最温暖的地方，仿佛一切都坠入故乡梦里。

三

月是故乡明。在我看来，归乡就是去聆听出生的第一声啼哭，轻嗅山野的每一缕清新的空气，走遍每一条田间小径……当你沿着儿时的记忆追溯，沿着蜿蜒曲折阡陌乡路回归，齐膝的麦苗摩挲着裤腿，略带泥土气息的草香阵阵扑鼻，眼前袭来一片片绿油油的麦田，阵阵秋风过处，翻起一波波绿色的波浪。看着这似曾相识的景象，我的脑海里立即呈现出弓着腰、满脸疲惫的父母亲在田野里忙碌的身影……

他乡的风如此凛冽，吹疼了我浓浓乡情。

我想到了村口的小学，曾经一次次背着书包上学，一次次看着阳光洒在胡麻花上，一次次看着大人们驱赶着牛马上山，一次次看着村里的孩童跑向学校。砖瓦房里，几张桌凳、一块黑板，这座简简单单的教室里，给予了我多少成长的能量，响起了多少欢乐的声响。放学回家路上，村落上空便不约而同地徐徐升起缕缕炊烟，微风吹过，宛如一条淡蓝色的绸缎随风起伏，似条条丝带缠绕在村庄的头顶。每每这个时候，我仿佛看到了母亲在灶旁忙碌的身影，闻到了香喷喷的饭菜，还有母亲眼神中透露出的期盼和牵挂。那一刻，我不由自主地加快了回家的脚步。傍晚，暮色西沉，母亲把在院子外觅食的鸡赶进笼子，穿上围裙，走进厨房，忙碌在灶台边。把胡麻柴、枯树枝点燃，塞进灶里。这时，家家屋后那用泥土制成的烟囱上，炊烟一片片，一缕缕，一束束，一团团，这是怎样的一种极致与圣洁啊。故乡的炊烟，总是给我一种温存、幸福和安全感。

对身在他乡的游子来说，故乡的每一条路，每一缕炊烟都是根剪不断的线，不管游子走多远，终究离不开它的牵绊。

四

汽笛声声，是回家的欣喜；车声隆隆，是归乡的心音。"每逢佳节倍思亲"，正是这份担忧、惦念、牵挂，才使远隔千里万里的游子始终把故乡，当成自己割舍不下的精神家园。

而今，在故乡，一批批的村里人如鸟儿般陆续飞走了。上学的，进城打工的，在城里买房的，他们就这样走了，只留下一座座大门紧锁的房屋。昔日"鸡犬相闻""往来种作"的村庄，眼下却鲜有人的身影，变得异常安静；没有鸡鸣、狗叫。村前的河流依然潺潺，却像个孤苦伶仃的孩子，静默无语。村后那棵高大的榆树，依然耸立，结满榆钱，似乎向我诉说着前所未有的孤寂。田野里，曾经山上的一地地的庄稼，大多荒芜了，长满了野草，只剩星星点点的菜园。此情此景，凄凉、孤寂、萧条的感觉油然而生。

每次回家，路过一家家、一户户、一座座老屋前，我都徘徊良久，看着院内杂草丛生，荒草萋萋，只留下空荡荡、寂寞的院落，心中不由一阵凄凉。我想，照这样下去，生我、养我的村庄，恐怕若干年后就消失了。那些年月，村庄里人丁兴旺，炊烟袅袅，欣欣向荣，如今村里人各奔东西，流浪异乡。

年轻人去了无回，老年人孤守空巢必将逝去，游子们来了又走，村庄日益走向衰落与荒凉。对身在异乡的游子们来说，对故乡的记忆，对村庄的眷恋之情，怕是永远留在远方、留在他们的心中。

想想，一种恐惧涌上心头。当我们最亲的人一一故去，对我们来说，故乡是否就不存在了？那个有我们童年回忆的故乡渐渐老去、渐渐逝去，到那时，留下的只有睹物思人勾起对故土故人的思念和缅怀。其实，那些暗暗滋生的难舍情愫犹在，那些生根发芽的恋乡情结犹在，那些挥之不去的幸福记忆犹在，这些在，故乡也依然在、也必然在。

此刻，我决定回故乡。游子当归，这才是心灵归属。

乡下的母亲

前段时间，清晨一大早，我送儿子上学，他告诉我要画一幅画送给妈妈，因为过两天就是母亲节了，并用深情的眼瞳端详我，问道：爸爸，你给奶奶送什么礼物呢？

我的心猛地颤抖一下，突然想起母亲已经六十多岁，可是我从来没有给母亲买过一件像样的礼物。凝视着远山，思绪也随炊烟一样向故乡飘荡，飘荡到八年前的一个清晨。

天刚亮便响起敲门声，母亲乘早班车带着尘埃和露水站在家门口。我惊讶地注视着母亲。母亲微笑着，头上的白发依稀可辨，身上穿着朴素的衣裳。我忙不迭地把母亲让进屋，这时发现母亲的身后立着一只鼓鼓囊囊的蛇皮袋子。妻子和孩子相继穿衣起了床。妻子说，妈你来前也该打个电话，好让做儿女的去接你，车站离这儿有四五里路远。母亲说，我的身体硬朗着哩，红庄子自留田离家七八里地，我拉个架子车还能走个来回哩！

那时候儿子刚一岁多，从小是母亲带大的，他晃悠晃悠地走出来，兴奋地望着母亲。母亲就从蛇皮袋中掏出炒的豆豆、玉米逗孙子。儿子也一遍又一遍地嚷着要奶奶抱。

母亲一直生活在乡下，繁重的体力劳动使母亲苍老了许多。在我还不更事的时候，父亲就一直为了家四处奔波，去石头场背石头、赶场、挖煤等，只要是能挣上钱，再苦再累也都干。家中只有母亲拉扯我们兄妹三人。白天，母亲和村里的人一起劳作，晚上就给我讲天上的龙王搬家等古今，以及她自己编织的故事。母亲初中文化，因为上不起学就辍学了，我的童年却是在母亲的故事中长大的，从小母亲就给我灌输许多做人的道理。

有一年秋天，我与村里的小朋友为了玩三轮车发生争夺，那家伙个子大，我斗不过他，被他骑在身下揍得鼻青脸肿。晚上我不敢回家，在村东的河滩上睡了一宿。第二天一早，我悄悄地溜到家门口。门未闩，我推门而入。"吱"一声门响，惊醒趴在桌上熟睡的母亲。母亲猛地站起来抓住我，举起战栗的手在我的屁股上狠狠地扇了两巴掌，泪水"唰"地一下淌了出来。随即又搂紧我哽咽着："你个小子，你昨一夜在哪儿的呀，妈挨家挨户地问也没找着你……"

带了一段时间孙子，母亲说这周放三四天假，该回乡下老家了，父亲自从患了高血压，脑梗过一回，身体一直不好，家里的几亩多地他一个人忙不完。临走的时候母亲问我："儿子，还写文章么？你爸就喜欢读你写的文章……"我回答母亲："妈，我还在写。"妻子从书橱里拿出我新近发表的作品交给母亲。这时，我发现母亲的眼睛里荡漾出自豪的笑容。

后来，我们搬进了新居，我与妻子商量把父母接来一起过日子。母亲说，乡下有她的老姐妹，城里有她的儿孙们，经常两头走走，新鲜着哩！

时间荏苒，转眼一瞬我已经是两个孩子的父亲。所幸的是父母身体还好。想到这里，我眼睛感觉湿湿的，我开上车，带上我给父母的礼物和生活用品，驶入叠叠沟，翻越红庄梁，朝着驼巷一路前行……

其实，随着父母老去，我才真正体会到为人父母的艰辛，也真切感到自己对父母的愧疚。不管多远、不管多难，我们都要用自己的方式，表达儿女的感恩之心。

二月二

"二月二，龙抬头。"春回大地，万物复苏，蛰龙开始活动，预示一年的农事活动即将开始。在北方，二月二又叫龙抬头日，亦称春龙节。在南方叫踏青节，古称挑菜节。从唐朝开始，中国人就有过"二月二"的习俗。这一天，也是土地神的生日，又叫春耕节。

在西海固，二月二就是乡愁的起点，燕子陆续北归，故乡的炊烟在一片阳光里低吟，远行的人们背着乡愁，奔波他乡。

这一天开始就出了正月门，乡村的人们，仿佛对淡薄走远的年味意犹未尽，在二月二这天重又操持起手里的活计，里里外外热闹一番。

"二月二，龙抬头。打瓦杂，敲梁头，撒灰圈，剃龙头，炒焦黄豆祈丰收。"这首广为流传的民谣，通常在人们很小的时候就会说唱了。

二月二，惊蛰节前，春雷响，农耕忙，雨水多，地保墒，百虫醒，草木长。

不禁忆起儿时，这一天，当炊烟在村落升起的时候，睡梦中的我就会被嘭嘭的敲打之声惊醒。那是母亲手拿棍棒在敲打窗台和炕沿。母亲一边蛮有节奏地敲，一边口中念念有词："二月二，敲窗台，蛐蛐虫虫进不来；二月二敲炕沿，各路神仙都不见！"家乡人迷信，把黄鼠狼、长虫之类冠以"仙家"的美誉。母亲就双膝跪地，一遍遍虔诚而又不厌其烦地敲，一遍遍虔诚而又不厌其烦地念叨。

敲打完，母亲便在厨房里张罗起来，蒸花卷，炒豆豆，围着锅台忙个不停。一早上，家家户户"噼里啪啦"的炒豆子声，相映成趣，浓郁的豆豆香气笼罩整个乡村。

母亲在伙房里，忙活着炒豆子，这些声音，犹如熟悉的乡音、流淌的乡情，一波接一波涌来。

也在这一天，雨水已过，清明临近，一切都开始奔波忙碌起来了。呢喃的小燕子，衔着春的信息飞回了久违的故乡。伴着乍暖还寒的春风，一场淅淅沥沥的春雨，吮吸着飞扬在天空中的尘埃，滋润着干渴的土壤。一夜之间，嫩嫩的草芽芽头顶着小土帽小心翼翼地探出了小脑袋，睁大眼睛探视着外面的世界；鹅黄色的柳叶尖儿羞羞答答地向人们点点头、眯眯眼转达着春姑娘的问候。

这天以后，庄稼汉便哼唱着小曲儿，吆着牛，扛着锄头，斜叼着旱烟斗儿向冷落了一冬的田野走去。紧跟在牛屁股后面的农人口里嚼着过年剩下的油饼儿、干馍馍有说有笑地走着，那洋溢着幸福与满足的笑脸是人世间最美的画图。

二月二龙抬头，也是剃头的日子。父亲说：龙是吉祥物，百鳞之长，神通广大。龙一来，天就打雷啦，一打雷，天就下雨啦，风调雨顺，庄稼就能大丰收，过去的朝廷爷都是真龙天子，咱农家谁不希望自家孩子长大有出息呀。

正月不剃头是老辈们沿袭下来的，曾经有一段故事。清军入关后颁布剃发令：剃发易服，留头不留发，留发不留头。

结果可想而知，剃发令遭到了强烈反抗，汉人于每年一月坚持不剃头，号称"思旧"，讹传为"死舅"，是亡国子民心怀故国的无奈之举。

二月二，龙抬头的日子，让我们在这一天，美美地咀嚼着豆豆，抬头仰望，感受时光里的那些温热，那一丝丝和父母、故乡、山野黏在一起的乡愁，我拉紧他们衣袖，煨进怀里，去触摸一场乡俗的暖。

从这天起，我回想起儿时的每一瞬间，风过处，万物相随而出，追乡事，念故人，在蓝天与大地之间，守住一处清澈的碧水，拢起半米阳光，静静地等待春暖花开……

第三辑
DISANJI

大地风物

千年石庙

我常常想，是否每一个人心里都坚定着一个信念，存蓄着一股力量，执念着一种精神。有些时候，自己想有一天成为一名行者，走在天地之间，步履踏遍山川河流，感受自然的力量、感受生灵的气息、感受芸芸众生的一切。每一步都是磨砺自己的心志，每一次远望都是拓宽自己眼光，每一次触动都是在体悟人生百态。当然，这只是一个梦想。

儿时，我最大的愿望就是能摆脱贫穷，家里不因吃不饱穿不暖忧愁，不为上不起学吵闹。那个年代，所有人的生活都很清苦，父亲和母亲都是坚强的人，他们用坚毅和隐忍撑起了这个家。

我常常想，是什么力量让父母能面对艰难、苦痛、无奈，能毅然决然在生活的坎坷路上从不低头。我想起了石庙，那个曾经父母信念寄托的地方。

父亲是第二代麦客，每年五六月份，他便约上同村的小伙子们，背上行囊，一路扒火车去河南、陕西等地赶场。到了那里，他们便开始遥远的"征程"。麦子黄到哪里，他们就一步一步地走到哪里，一路赶场、一路前行，近千里的路途，磨砺了父亲坚毅刚强的性格。每到父亲赶场的时候，母亲便会经常去石庙为父亲祈福。

石庙位于香炉山与叠叠沟之间，揽西海子之美景，傍冰沟之峻险，拥遇陇山之灵气。石庙坐落在海子峡深处，两山之间，依悬崖而建，确切地说是靠在一个悬崖边上，面朝一条潺潺的溪流，溪流上有一座小桥，远远望去，他俨然是一个霜鬓发白的老者，安静地站在悬崖峭壁下。

山里人坚信这依山傍水的古庙通灵气，供上了神像。深山丛林中，总会有一两个形迹匆匆者，各自把对神灵的膜拜隐藏心间。母亲便是其中的一个行色匆匆者。

石庙离我家有近七八公里，一路是崎岖山路。每逢初一和十五是石庙烧香的日子。那一天，母亲会早早地起来，穿上厚厚的棉衣，拿上早已经买好的香表和供品出发了。

那时候，我六七岁的样子，跟随我母亲一路向东，沿着石子路，经红庄，入大店，过水沟，经过两个小时的艰苦跋涉，终于来到了石庙。石庙坐落在石峡之间，依山傍水，四周青山相伴，密林环绕，犹如世外桃源。庙宇呈口字状，正对的正殿依山而建，说是庙宇不如说是石洞，只是在石洞前面砌起了前墙和廊檐，安上了门和窗户。两侧是两个供奉的香台，设有神位。

整个石庙几乎全部是石头砌成，一条仄仄的石头台阶沿山而上，直通庙里，石梯很窄，大概只能过去三个人左右。石庙背靠的半山腰上还有一座小塔，那应该是曾在这里修行人的墓冢吧。石庙虽小，但精致，虽不起眼，但处处彰显着庄严和肃穆。

那时候，第一次进入石庙，看到形态各异的神灵画像和菩萨塑像，吓得紧紧地抓住母亲的衣服直往后面躲，母亲安慰我说："不要怕，这是神，他们是不会动的。"

金钹响起，母亲献上十个大馒头，给每一个神灵面前都上上香，点纸、许愿、磕头，每一个步骤都细致入微。看着母亲闭上眼睛，双手合起，嘴里似乎嘀咕着什么，随后静默下来。从她的表情里，我似乎看到了一个妻子、一个母亲的苦。看见母亲虔诚地跪拜，我的心里一阵敬畏。

每次父亲赶场之前，母亲就会端上一碗灰蒙蒙的热水。这是她在石庙那求来的"仙水"。母亲向父亲"转达"她的祷告，喝完这一大碗水，出去赶场会平平安安。父亲虽然不信，却难拂逆母亲的一番苦心，皱着眉头喝香烟灰水。不知是仙水真起了作用，还是母亲的诚心感动了父亲，父亲每次出去赶场，都平安归来。这让母亲更加深信不疑，家里谁头痛脑热的，母亲都会跪拜求取仙水、仙品。有时候来不及去石庙的时候，她就朝着石庙的方向跪着抛鞋子，心里头默念着一个又一个愿望，然后看掉下来的鞋子反顺来断定神的启示，一反一顺，心想事成，两反或两顺则是事与愿违。母猪下仔、买牛卖马、升学考试等这些对于家里来说的"大事"，母亲都会到石庙上去问吉凶。石庙的神灵在母亲心中无所不能，无所不知。

我常常在背后窃笑母亲迷信，母亲便用一个故事教育我。有一个远乡富人慕名前来求医，许愿说只要治好了怪病，一定重造庙宇，再塑金身。不几日，富人怪病竟被治愈。富人欣喜若狂返回家乡。一年过去了，健壮无比的富人突然口吐鲜血卧倒在床，这才想起当日的许诺。急忙打发家人购买砖瓦，挑上石头，依山建庙。在他的带动下，周边的村民也纷纷出资出力，一座崭新的庙在半山腰俯瞰苍茫大地，富人也康复了。这或许就是一诺千金，这或许就是虔诚的力量。

石庙就是和母亲一样淳朴的乡亲们的精神殿堂。越来越多的奔波数十里的人风尘仆仆踏足石庙，愈来愈远的人仰首石庙古刹。

其实，每个人心里都有一座庙。母亲心中的庙就是冰沟深处的石庙，母亲走了一辈子，祈福一辈子，如今，还在不停地走。就像是生活中的你我一样，面对生活的困苦，每个人心里都有一个信念，并且一直向着他不停奔走。

长大后在外求学，才慢慢地懂得了母亲在石庙路上每一步的意义。每每想起这些，回家的念头便越来越强烈，内心满满的暖意，仿佛我们曾经走过的每一步，都像母亲温暖的怀抱，每一个脚印都是母亲虔诚的祈祷。

结婚生子后，渐渐感受到为人父母心之所向、心之所系。亲人的每一丝不适都会让我焦躁不安，恨不得他们所有苦难和病痛都让自己承担。我仿佛看到，母亲跪在神前诚惶诚恐的样子，看到母亲蹒跚的步履，看到母亲眼睛里闪动的泪花，这一幕幕在我脑海里挥之不去。其实，每一个人心里最大的祈盼就是妻儿平顺、父母安康。母亲这一生借助心中的神来"拯救"我们，我又拿什么来"拯救"我牵挂的人？

去年，母亲带上我，我带上儿子又一次来到这里，沿着一条新开的石子路蜿蜒而下，直奔石庙。

石庙还是原来的样子。只是人在变。看着太阳底下潺潺的泉水和静修的石庙，我也似乎像古刹一样静默了。我想，唯有这太阳、这泉水、这林木一直在注视着石庙的枯荣，关注着石庙的兴废。

太阳朝起暮落，石庙人影攒动。人影里有母亲的背影，然后又出现了我的背影，再后来又出现了我亲人的背影。或许这就是最好的传承，把爱传承，把信念传承，把初心传承，这才是最有力量的。

或许在石庙眼里，放眼苍穹大地，过去现在未来一切众生都在攀缘着茫茫群山，一步一步锲而不舍。

现在想来，我根本没有资格嘲弄母亲迷信，母亲又有什么地方让我嘲弄？母亲一辈子对石庙的虔诚，是为了把爱与坚强传给我，我也应该，也必须把这种精神传递给子孙儿女，一代一代，绵绵不断。

石庙有形，心里的高山才是无形。

东望香炉峰

其实，在每一个人的心里都有一座高山，让人仰望、崇敬、思考。

六盘山脉逶迤蜿蜒，横亘固原。在固原市西南部的张易镇境内，六盘山脉的次高峰——香炉山坐落于此。

在这里，或许你会想到"日照香炉生紫烟，遥看瀑布挂前川，飞流直下三千尺，疑是银河落九天"的诗句，但是，此香炉非彼香炉，这里的香炉山只是西北一隅默默无闻的山，在我看来其秀丽、俊朗、洒脱丝毫不亚于江西庐山的香炉峰。

这里的香炉山，沐浴着乡村的袅袅炊烟，平添了几分烟火气息。站在山下，有一种高山仰止、景行行止的感觉。追根溯源，香炉山因山顶有一个巨大陷坑，上空常云层密布，远望形似香炉而得名。

一

老家，这个让人倍感亲切的地方，不时地在脑海中闪现。香炉山，便是其中让我念念不忘的最美意象之一。

岁月流转，当生命的年轮慢下来的时候，往往有许多让人回味无穷的东西，老家的一山一水，老家的一草一木都是情怀，都是魂牵梦绕的牵绊。父母如是，妻儿如是，甚至连儿时那些纯真的记忆，也会一次次梦回，一次次追忆。

香炉山，这个让人倍感亲切的地方，不时地在脑海中闪现，那是一种乡情的寄托，从你呱呱坠地到你长大成人，眼前那座高山一直伴着你，一直看你成熟长大，最后离开这里，这是多么深厚的情愫，是亲情、是友情，是父子情，是朋友谊，似乎在默默无闻中分辨不清。

其实，不同的时代，不同的境遇，相同的是那份沉甸甸的乡情。老家就在香炉山下，她安详、静谧、恬淡、悠远，仿佛眼前的一切都是浮华，而香炉山就像是庇护她的一个母亲，不管你走到哪里，都能够抚化每个游子的心灵。

我一直感觉，香炉山是一方自然恩赐的净土。这里历来就有"春去秋来无盛夏"之说，其复杂的地形，高耸的山峦，茂密的植被，秀丽的风景无一不吸引着游客。此外，山中产有多种中草药，亦有多种野生动物栖息于此。

二

六盘山是我国最年轻的山脉之一，历来就有"山高太华三千丈，险居秦关二百重"之誉。六盘山脉从崆峒山逶迤而来，到固原市南郊的白马山猛然掉头，折向西去，形成一个拐角。就在这掉头之处，一道山岭分出两沟。靠东即是海子峡，向西则为叠叠沟，南至水沟。

而香炉山，就位于"两沟一峡"之间。海子峡因水源来自西海子而得名，峡中水是固原市最主要的水源之一。固原到红庄一路走来，海拔落差高达六七百米、温差达六七摄氏度，叠叠沟因而得名。

叠叠沟是香炉山腹地。走进叠叠沟，草木茂盛，空气宜人，使人感到神清气爽，让人心醉。当秋天悄然来临，遍野便成了美术家手上的调色板，在色彩的海洋里徜徉，能勾起人无限的遐想。

起初是零星的红叶在层林中点缀，随着秋日脚步的深入，一片片金黄、火红渐渐抹去了昔日的绿色，绿托着红，红托着黄，彼此偎依，相互映衬。

秋意渐浓，那火红渐渐掩盖了所有的绿。虽然春日生机勃勃不再，但秋的坚韧、笔挺依旧，不禁让人想起那句"霜叶红于二月花"的盛赞，此情此景简直让人沉醉。

山下，一条小河顺着山谷蜿蜒前行，河水清澈见底。偶尔还能看见几个孩童戏水。不禁想起小时候和朋友在河边戏水的场景，感慨万端。小河两岸的坡地上，生长着许多的野果树，供辛勤劳作的人们充饥。

三

香炉山的秋天风情万种，变化多端，不逊色于任何地方的秋景。在这里，你丝毫感觉不到"夕阳无限好，只是近黄昏"的惋惜，有的只是对大自然的敬畏。

"山不在高，有仙则名"，虽然家乡的这座山海拔不高，也不出名。

在我眼里，香炉山永远是一方净土，她展现给世人的，是不经任何修饰的本真，在经济飞速发展的今天，又有多少山水还是本来的面目？她永远是快乐的，春风、夏花、秋雨、冬雪陪伴着她，六盘山脉守护着她。

岁月嬗变，物换星移，和香炉山朝夕相对，默默无语。几多欢喜几多忧愁，俱已消逝在时间的长河里，独留下记忆深处的碎片，幸而青山依旧。在时间的长河里，没有谁会一如既往，亘古不变，只有香炉山巍然屹立，尽阅人世沧桑。

生活不止眼前的苟且，还有诗和远方。香炉山，就是我们的诗和远方。不管是流浪的游子，还是身居故乡的我们，一路走来，或许会历经痛苦彷徨，但是每当想起远处有一座高山，这样深情地遥望着你，你会感觉，其实荆棘坎坷皆是生命中的常态，是繁华过后的沉淀，对于我们来说只是历练人生的一页纸罢了。

所有走过的路，看过的风景都将成为过往云烟，只有家乡那籍籍无名的山永远在原地等待着游子的归来。

香炉山，站在你面前，像远嫁南国的公主，亭亭玉立，在你面前，恬静、安逸、晴朗、自然。看着她的背影，我便心里阵阵眷恋。

那是故乡深处最普通的一座山，童年已远行，记忆已模糊，而那座心里的山，依然屹立，依然呵护着儿时的梦。

此刻，我遁入思索中。

那是六盘东麓一座默默无闻的高山，离故乡不远。

香炉山下，从寂静到深远，六盘山以东的天空总是会湛蓝些、澄澈些，而叶蕾的汁液也总是会更浓厚些饱满些，每一片云，都是微笑的，在风中步履坦然，吟唱着淳厚的旋律。

于是，我更喜欢这里的一切，喜欢故乡的云、故乡的田埂、故乡的炊烟、故乡那久久萦绕在身边的气息，很浓烈、很温馨。

这里洒满了我的记忆。比如黛黑而蜿蜒的弯道，我们在这里骑牛赛跑；比如古老沉静的土庙，三十晚上我们齐刷刷地来"烧头香"；比如灿烂而沧桑的丹霞，我们一起在锅锅灶里烧洋芋；或是，油亮而香麻的花椒树旁，我们拿着"刀枪"激烈地战斗；或是，湛蓝而静默的小河旁，我们一起玩"漂浮的青蛙"……

而今，当我再次来到这里，内心久久不能平静。

这晴朗的傍晚，落日下黑黝黝的山峦被镀染了金边。那山顶的方向，扇形般铺展着孔雀的羽翼，羽翼下洁净的山峦巨兽般静卧在视线可触的天边。清凉潮润的空气里散发着树叶发酵后的清香，宛如清晨第一滴露，透明而纯净，又如暗夜中绽放的莲，神秘而恬淡。

静默的香炉山，像一位温柔的母亲，永远是绵延的，深沉的、欢乐的，在稀疏的树影人家中嬉戏跳跃奔腾。

当我沿着阡陌小路蜿蜒而上，冥冥中我似乎听到他们一次次地喊我的名字，在黛黑而蜿蜒的弯道中，在灿烂而沧桑的丹霞里，在油亮而香麻的花椒树下，在湛蓝而静默的小河岸边，托起灿烂而厚重的关于梦想的呼唤……

西海春波

　　总希望时光慢下来，一个人在山林深处漫步，在蜿蜒的故乡路上，经常会想起往事。

　　在西海子畔，我的思绪是绵延的，因为往事，所以记起。

　　在这里，我会看见村子里的人渐行渐远，消失在视野里，有的背起行囊去那些大都市打拼，有的载着梦想在城市的某个角落栖息。

　　每一条路都会通往外面的精彩世界，而这里，一直是始发站。

　　今天，我回到了故乡，回到了始发站，回到了西海子，看看萦绕在我遥远记忆里的一池春波，把我心头久久不能停歇的眷恋，留在那里，留在八月的山野、八月的炊烟、八月的故乡、八月的西海子。

　　其实，长久以来，一直想在西海子畔走走，看镜湖之水吹起涟漪，在青山之巅远望青山，在碧水微澜里凝眸碧水，躺在绿草之间看流云追逐蓝天，在一场清晰的梦里再回一次童年。

一

古城外，驿道边，驼铃声声入耳。

在古丝绸之路经过的故乡，原州城西南十五公里处，一池春水安静地在那里隐居，如待出阁的西凉公主，红袖掩面，笑靥倾城。

飞来万朵玉芙蓉，中汇流泉列五峰。
地据朝那通朔漠，天开灵境接崆峒。
频将秋草肥屯马，信有春雷起蛰龙。
闻道当年兵备使，分渠犹自利三农。

清代诗人王兆骏的七言律诗《西海春波》，"晴波映带，花草纷披，如世外仙境"，形象生动地展现了西海子古时不凡的美景。

在这里，人们常常把湖泊称之为海子，西海子之名由此得来。就这样，一泓清水，千年修行，四季长流，古人称其为暖泉，文人墨士雅称为朝那湫。

古诗有云，"山深四月始闻莺"，故称"蓬沼听莺"，"西海春波"也成为清代固原有名的十景之一，时光将这微微的波澜穿越百年，遁入我们的视野。

这个秋日，我来到这里，就像是寻访一位旧友，那些再也熟悉不过的身影从眼前拂过，看着倒映在水里的自己，风物依旧，而自己却韶华已逝。

沿着湖畔，在草木葱茏的青山绿水之间穿行，耳畔清风吹起，水波一层层地泛起，犹如给蜿蜒迤逦的山峦戴上了一枚嵌满水晶的皇冠，城市的那些喧嚣随着一阵风渐行渐远，一种原始的回归感，在心头慢慢地升腾。

苏东坡说："江山风月，本无常主，闲者就是主人。"倘若没有闲适的心情，便很难成为江山风月的主人。行在这里，自己真想做一朵花抑或一片叶子，在静若处子的山间，安卧于群山怀抱，聆听波涛细碎和古寺木鱼声声，如同一名隐客，遁入这片宁静，享受着这份难得的闲适。

青石铺地，绿草青青，蜿蜒到西海子深处，似乎还留存着古丝绸之路上的一丝繁华。马车辚辚，驮过达官贵人、文人墨客，彩轿翩翩，看春波荡漾、落日熔金，看牛羊遍野、牧笛声脆……如今，风流云散，声息全无，富贵与香艳都湮入了岁月的风尘。只有那些古老的遗迹还在回忆。

二

沿着古驿道，慢慢走进西海子，那是一种久违的感动。

站在海子口，静静地端详，依然那么温婉、清秀，如一池春水，更是一池温柔。淡蓝色的湖水，静静地享受着阳光的溺爱，青山环绕，宛若深邃的目光，在湛蓝的天空下，含情脉脉。

青山、绿树、山石、亭台，包括摇曳的花花草草枝枝蔓蔓都倒影在湖中。秋风起，微风过处，吹皱了一池春水，鳞波荡漾，在湖面画着一个个风一样的圆圈，在阳光下，鱼鳞般的波光，如南国公主颈项上珍珠，光彩照人。

徜徉在湖畔，张开双臂，闭上双眼，任温柔的风，轻抚脸

庞，掠过身体每一寸肌肤，就像欢愉之前的抚摸，一种流遍全
身的神经阵痛占据了我。

我不禁写下一首《西海子》。

梦一样的，在高高的山巅
轻轻触摸着你忽闪的眼瞳
又是梦一样的
想起你遥远的传说
冬天的最后一片融雪
在寂静的山涧，悄然融化
无意中，我认出了你
潺潺的溪流里，你只是一滴泪珠
如镜的西海子
风轻，云淡，天高
缠绵了神仙眷侣，寂静了纷扰的思绪
是谁将绚烂的梦，织成了青山
又是谁把快乐的思绪
化成淡淡的春波

夜已静，庙台上的僧侣
阡陌小道间的旅人
山巅寺庙里的灯光，恬然，幽静
醉了溪流，醉了青山
也醉了可爱的西海子
风吹起，惊扰了沉醉的西海子

也惊扰了水里沐浴的一轮皓月
吹起一波清瘦的思念
吹落了满天星星

三

山巅之上，从这里眺望莽莽远山，只有一群羊从山坡上慢慢走过，雨打风吹过后，这里已没有过多的人迹，没有过多的嘈杂。于是，那些不可知的往事被一次次幻化，演绎。

千百年来，在这条古道上，在多少个暮色垂临之时，匆忙的旅人夜宿驿站或者客栈。而今，他们已然成了一抹记忆，风尘的步履夹在泛青的草色里，脚下的印记，掩盖在一抔黄色泥土下。

慢慢地走，用脚丈量着青石路，从这里眺望那些曾经隐居在这里的客卿，寂寞与惬意在这里度过，不管他们曾经拥有什么、多少、多久，最终，都从指尖滑落，尘封在大地深处。

西海子畔的格桑花，像一抹红色的襟带，挽起一池春波。她们尽情地含笑绽放、凋谢、重开，一年，两年，三年……

最遥远的路，不是走不完，而是路渐近，心已远。

我想，千百年来，走过这条路的人，他们的砥砺的时光、唯美的爱情、跌宕的人生，被西海子里的山风留存，才融入在这盛开格桑花的血脉里，像隔湖相望的青山，在寂静中喜欢，在安然中相拥，在笑靥中随行。而我，却一直踱步在红尘之中，看着时光荡漾着春波。

停下脚步，静静躺在风林之间，听寂寂的山音和窸窣的波涛声，百鸟朝凤的吟唱，痴迷于听着这些动听和弦的我，迫不及待地站在了寺前的牌坊前。山色苍郁、悠远、灵秀。

细细听，那羞涩的、惊喜的、高亢的、婉约的、饱满而娇嫩的鸣叫，犹如慢慢绽放的花瓣，幽然入耳。鸟鸣、风声、树声、草声和岩石上的水滴声，如万物的一百种欢喜雀跃语言，诉说沧桑，诉说着故事，诉说着……

四

走在登上古寺石阶之上，似乎感觉在这西海子我已历经千年沧桑。

山路两旁青草像一个个信徒，盛放的格桑花，沿山而拜，祈福平安。山上的古寺香火的气息极其浓郁，信客很多。酽酽的烟雾缭绕，几位僧人面色沉静，安然诵经，语调轻快平和，心无旁骛。我们在他们的周围走动，他们只当是尘埃一般，不睁其目。木鱼声声，清响漫回。

这座古寺历史悠久，《史记》记载，秦始皇建立大秦帝国后，大兴祭祀之风，他将经常奉祀的大山名川纳入祭祀之礼，黄河、沔水、湫渊、长江便是四大名川，湫渊就是今天的西海子。

"湫，龙之所处也。"秦朝时，建立了湫渊祠，祭祀湫渊龙神。公元前166年，汉文帝下令祭祀湫渊龙神时，增加玉璧两枚，拓宽祭祀场所。唐代大学问家颜师古亦曰："朝那湫在安定郡，清澈不容污秽，没喧填辄兴云雨。"安定郡就是今固原市。据说这不是古寺原址，原寺已毁于一旦，现在的寺院是清代重建的。

看到每个信徒都虔诚地膜拜，自己有如天外之人，十分懵懂地跟随人流茫然地前行。大雄宝殿前的香火鼎盛，焚香的燃烛是大雄宝殿前淡淡的蓝色的烟雾氤氲，小千世界里的执着。

朱光潜曾说，佛教以出世精神干入世的事业。我走了这一遭，悟出了一个道理：我心即佛地。寺中有一棵五百年的罗汉松。站在面前，我觉得自己是个婴儿。还是纯纯静静的婴儿。

出了古寺，我回头看看那一池水，波澜如绸缎飘零，我似乎看到了清代文人墨客在这里吟诗作赋的情景，似乎看到了"西海春波"里那些贮藏了很久的记忆。

古寺、青山、绿水、鸟鸣、美梦，还有源源不断的遐思，在这里，我的心绪宁静了许多，就像月光下的隐士，在用胡笳弹一段古曲，早已忘记了尘埃、忘了归期……

五月端午

也不知道，从什么时候起，我对曾经翘首以盼的那些传统节日的印象，已经渐行渐远，不再清晰。在生命的奔袭中，我们的脚步越来越快，那些留存在心底深处的节日记忆，也愈加模糊。

如今，我们每逢节日最深刻的记忆，似乎只停留在放假里，那些流传千年浓郁的乡俗，那些熏陶过我们的乡村文化，那些珍藏在我们记忆中的节日的每一个吉祥时刻，慢慢地离我们越来越远。

我是个特别恋家的人，多少年来，我从来未曾离开过家乡，无论是工作还是生活，我始终在距离家乡不远的地方徘徊，跟着一条仄仄小路走一天，站在潺潺溪流畔痴痴凝望，抱腿坐在山顶聆听炊烟袅袅升起的声响。其实，在家乡不远的地方，最美好的事就是在最想回乡的时候，我会以最快的速度直抵家乡深处。

每逢佳节倍思亲，生养的故土难舍。每逢节日，心便像失魂一样，往村子里飞，想回老家看看，再一次感受那些儿时美好的记忆，再一次站在村庄路口，安详如一抔黄土，享受这宁静的味道。

一

"五月五，端午到；绑花绳，戴香包；折杨柳，采艾蒿……"耳边响起了记忆中一首儿歌，仿佛这童谣飘荡在五月的麦地里、田埂上、溪水边。五月五，一股浓烈的乡土味流淌在空气里，就像山坡上一簇簇艾蒿，散发出馥郁的清香，飘荡在五月的村落里。

五月五还没到，村里便已经热闹起来了。六盘山下的每一个村庄，都有一种盎然的节日气息在乡野深处流淌，它蔓延在每一寸土地之上，根植在每一个从这里长大的孩子心里。家家户户忙活着准备过五月五，煮甜醅子、包粽子、缝荷包、搓花绳绳，一场蓄满乡愁的节日仪典开始上演。

农历"三、六、九"是集日，五月五前的最后一集便成了集市上最热闹的时候。来自周边各个村庄的村民，步行数十里，来到集市采购过节的物品。母亲会买红的、绿的、黄的等各种颜色的花线回去，给我们搓花绳、缝荷包。

临近过节，母亲也会放下手里的庄稼活，用几个晚上的时间，为我们每人搓花绳绳、缝荷包、缠绣球。那个情景我至今记忆犹新，母亲坐在炕沿，一脚脱去鞋，盘在炕上，一脚支撑地面，放在炕上的腿将裤脚撩起，裤脚堆置在膝盖左右。炕上放着炕桌，上面是一盏煤油，母亲将身体凑到昏暗的油灯前，耐心地将买回来的线一一搭配颜色，把各种颜色的细线分别剪成相同长度的几段，对齐线头，整齐有序地放在腿上。母亲一手抓牢线头，另一手压实腿上的线，来来回回地搓，合在一起后再搓，对折，再搓，再对折……母亲像变戏法似的将一根根花线搓成彩色的麻花，搓成一根根长长的花绳绳。

迫不及待戴花绳绳的我，早已钻进被窝，露出头，仔细地瞅着母亲搓完一根根花绳绳，缠完一个个彩色的绣球，又开始一针一线地缝荷包。缝荷包可是一件精细活，母亲把平时做衣服剩下的各色布头，整整齐齐地摆在炕上，然后她看着各种不同形状不同颜色的布块，仔细琢磨如何将这些碎花布块拼接，然后缝成老虎、黄牛等生肖动物，缝成桃心、花朵等形状。灯光下，母亲根据心里构思，把他们一一组合搭配，然后戴上顶针，串上线，一针一线缝起来。当缝到快收口时，她将准备好的香草塞进去，缝严实，拴上红色的绳。一个个栩栩如生的生肖荷包，一个个玲珑精巧的桃心便展现在我们面前。

母亲有时还会在这些荷包上用线绣一个小福字，另一面绣上一朵小花。花朵不尽相同，有玫瑰、牡丹、菊花等，女儿绣上花，儿子的荷包上则是一棵健壮的小树。小时候不谙世事，只觉得母亲心灵手巧，长大方懂得了，那是母亲绣在荷包上的爱与希望。

母亲说，五月五戴上荷包就能辟邪驱瘟，能让这一年来平平安安吉祥如意。

我看着一个个活灵活现的动物荷包，看着上面绣着的福字，仿佛这就是我们对生活、对生命最虔诚的祈福，仿佛这荷包就是一个个生命，我们就是它们，它们也是我们，一样地在生活中淘洗生命，在生命的奋斗里打磨生活。

一个国家的历史其实浓缩起来是一个村庄史、一个家族史，而这千百年沿袭下来的节日文化，正是历史古道上最值得仰望的一片云彩。对上天的敬畏、对土地的膜拜、对生命的尊崇、对生活中一点一滴的祝福，在五月端午表达得淋漓尽致，它是一场为平安、健康祈福的一场神圣仪式，草木蔓发，五毒出洞，趋吉避凶的图腾，祈求天地和谐、天人合一。

二

五月五天总是亮得很晚。清晨五点半，睁开眼，细碎的光穿过纸糊的窗户直挺挺地照进来，昏暗的屋子也有了细碎的明媚。

终于天亮了，我迫不及待地看了看自己的手腕，摸了摸脖颈，没有花绳绳，床头也没有荷包，顿时一种叫作怅然若失的情绪迅速蔓延开来。

其实，母亲已经早早醒来了，她从木箱子里拿出早已搓好的花绳绳和缝好的荷包。然后，将花绳绳郑重地为我们绑上，绑花绳绳的时候，母亲嘴里还默念着一些祈福的话，祈求我们健康平安。戴完脖子，戴手腕，给我们三人都戴完后，如果还有多余的，母亲还会在我们的脚踝上也戴。临了，妈妈还不忘叮嘱我们，"现在不能取，一直等到六月六才能取，扔到房顶，或者扔到雨水里。"

戴荷包的时候，我们会争先恐后地挑出各自的属相，老鼠、猴子、小猪、巨龙，一个个仿佛就是我们自己，调皮的调皮，憨厚的憨厚，活泼的活泼。母亲按照从小到大的顺序，一一为我们佩戴上荷包。除了生肖荷包以外，母亲还会为我们戴上用白色线缠的绣球，有柿子形状的，有正方形的，像小灯笼，像玲珑塔。

胸前佩戴上妈妈缝制的荷包，仿佛自己的个子都高了，腰都挺直了，可以昂首挺胸了。戴上荷包，我们被一股艾草的香气环绕着，小小的心儿为之陶醉着，敬畏着。我们走起来的时候，一串串的荷包在我们胸前跳跃着，就像几个快乐的小精灵，在我的胸口快乐地载歌载舞，我也随着他们的节奏跳起来了，快乐的步履里倒映着快乐的五月五。

　　一直以来，荷包是我们尤为钟爱之物，彩色丝布裹进香草，再以五色丝线弦扣成索，结成一串，形形色色，玲珑夺目。小小的荷包四溢着香气，五彩的丝布点缀在胸前，更寓意着避邪、祛病、消灾、强身。

　　五月五绑花绳绳的习俗，自古以来就有。花绳绳，叫作五彩绳，又叫"五色线""朱索""百索"等。据记载，早在东汉应劭所著的《风俗通》载："五月五日，以五色丝系臂，名长命缕。"五月五当天，把五彩绳拴在小孩的手腕、脚腕和脖颈上，寓意长命百岁，不仅可以带来一年好运，还可以避邪和防止五毒近身。在《续汉书》《后汉书》中，端午日这天用朱索、五色印做门户装饰，被认为可抵防恶气。小孩子五色绳系在脖子上，缠手足腕，俗称长命缕、续命缕、百岁索、健索。这正是端午节在驱邪避瘟的同时，还表达美好祝愿和祈福的意义吧。

三

　　拴上花绳绳，带上荷包，五月五的一天正式开始了。

　　这一天，漂亮的花绳绳和荷包就成了我们互相炫耀的事了。早上，戴上花绳绳和荷包的我们，迫不及待地跑到大门外、麦场、村口，迫不及待地去和小朋友比一比，看谁的花绳绳更漂亮，看谁的荷包更大更好看。这个说我的老鼠贼机灵，那个说我的马儿特精神，还有她的小羊儿最温顺，他的小黄龙最厉害……当然，小伙伴们也会私下交换除了自己属相以外的其他荷包，舒心了，满意了，两个人的交情就显得更加深厚了。

虚荣心作祟的我们，有时候也会走进邻居家，让婶子大妈们夸奖一番，那会儿心里为有个心灵手巧的母亲而骄傲得不得了。后来，我们渐渐地长大，相继成了家，嫁了人，有了孩子，母亲依然乐此不疲地为她的孙儿们荷包，年年岁岁，不曾改变。

那年，儿子刚满三个月，恰逢端午节，年近六十的母亲为孙子缝了一条盘桓的青蛇。在母亲的心里，缝一个荷包给孩子，是讨个吉利，而在我们心里，那是母亲的一片真情。

我戴着母亲缝的荷包长大，我的孩子也在戴着母亲缝的荷包一天天长大，在我的记忆里，五月五戴荷包是最温暖的回忆，否则，端午的氛围就会缺少一种味道，是一种缺憾。

四

小时候每到端午，父亲都会早早催我起床，让我去用麦尖上的露水洗脸。我跟着父亲，沿着大洼梁的一条小路爬上山顶，我们全家在太阳冒出来前赶到麦地前，用第一波晨露洗脸，一滴滴露水拂面，一股凉爽从脸上手上，凉到骨头缝里。父亲说，五月五的清晨，用露水洗手洗脸，就能除掉一年的晦气和疲惫，就会百病不生，健健康康一整年。

洗完脸，回来的路上，父亲带我走进了村口的一片树林，这里树木已经郁郁葱葱。父亲站在田埂上，挑选最茂盛的折了树上的柳枝，折了一枝下来，不一会儿，一根根柳树杨树枝折了一堆。父亲用绳子捆上，回家了。到家里，父亲用斧头将一个个柳枝修剪成长长的枝条，然后又一条条插在大门以及各房间的门框上，意为驱虫避害，以求岁岁平安。不远处，许多人家的门檐上，已经插上了柳枝。

五月五插杨柳，也是西北地区特有的民俗。我记得上学的时候，每个班级总会有勤快的同学在教室门檐上插上柳条。从小学到高中，年年如此。

依稀记得，奶奶小时候曾经讲过一个关于折杨柳的美丽传说。有一天，一村民因为亵渎神灵，触怒了玉皇大帝，玉帝要降下天火烧掉整个村子的村民。村民无奈之下，准备拼死抗争。此时，一位村民想起自己曾有恩于一位神仙，便前去求教。神仙就告诉他们，端午之日便有灾祸降临，唯有一法，可避灾难，村民家家户户门上插根柳枝，火神降火的时候自会避开。他把这个消息告诉了所有的村民。第二日端午火神来降灾，看见家家户户门口都插着柳枝，只好悻悻而归。

采艾蒿也是五月五的一个传统习俗。五月五当天，村民们成群结队去山上采集艾蒿，因为艾蒿有除虫去污的作用。有些人家的门上还会插上艾草，用以驱蚊驱邪，保障家人一整夏不受蚊虫侵扰。

五月五那天，南方人吃粽子，西北人吃甜醅子。端午节这天的应景食物甜醅子就是所说的酒麸子。每每想起母亲发酵的甜醅子，至今口水会不由地流下来。

甜醅子是用莜麦（玉麦）和酒曲发酵而成，醇香、清凉、甘甜，吃时散发出阵阵的酒香，能清心提神，去除倦意。虽然好吃，但小时候妈妈总不让多吃，说吃多了会醉的。酿好的甜醅子兑入凉开水，酸甜爽口，不知是否因为孩子的味觉格外敏感，端午那碗甜醅子的味道，至今还留在许多人的味蕾上。

五

五月五，看似是一个节日，在我看来，是一场中国传统文化的祭礼。它厚植在农耕时期对天地的祈愿，对五谷丰登的期盼，对时令节气的笃信，对父母儿女的祝福里。

解读一个节日，就像是在解读它的背后深厚的历史，灿烂的文化，传承的礼仪，在历史一次次涤荡中，在岁月一遍遍磨洗里，让最朴实无华的品质，最简单美好的祝福，有一个依托，有一个承载，有种激励民族的力量，如这五月五祭奠的贤者屈原、英雄伍子胥、介子推、孝女曹娥展现出来的民族情怀和精神一样，代代相传。

当我们举行一个节日庆典的时候，总会有一些人来到我们的生命中，他们在千古之前缄默微笑，用他们的体温滋养着后世之人。在新时代的今天，我们需要用那种文化的底蕴来滋养我们的性情，需要这种精神力量引领我们砥砺前行。

今天，让我们以一个端午的名义去怀念那些手工时代质朴的生活，怀念儿时那些朦胧的瞬间，让我们再一次举行一次这盛大的节日仪式，它包含着团圆、祈福、安详。

今天，我们剪掉那些欢庆的物质，多一份内心的从容，多一点让我们骄傲的理由，多一份素朴手工中带出来的温情。我们爱上五月五，爱上爽口的甜醅子，爱上母亲缝的荷包，爱上父亲门上别着的杨柳，爱上花绳绳绕在手腕上，祈福、祝祷，我们喜欢这一切一切的，来自传说的、古典的、民间的和现在正在活着的东西。

无论季节远近，时光流转，节日依然还会如期而至。岁月递增，五月五的习俗在不断地传承，经历过温暖的我们，在这个节日里，在一份平淡的相守里，感受一年一季爱的传承。

如今，我想再一次回到村庄，再闻一闻艾蒿清香弥漫的村庄，再尝一尝甘甜可口的甜醅子，再戴一回在胸前跳动的小老鼠……这些五月五里沉淀的独特的味道，是那弥漫炊烟的乡土和剪不断的乡情……

一夜的细雨之后，薄薄的晨雾中，五月五已经来临……

麦黄时节

"田家少闲月，五月人倍忙。夜来南风起，小麦覆陇黄。"流年易逝，岁月匆匆，转眼又到了麦收的时节，炊烟缥缈的村庄一下子忙碌起来。此时，我看见成片的麦子汹涌成了金色的海洋，风吹麦浪，金光闪烁，麦香飘飘，蔚为壮观。

这是汗水浇灌出的希望，沉甸甸的丰收，在期待着农人收获的那一刻。打开记忆的窗户，从前的麦收总是和苦、累联系在一起的，但即便是再苦再累，也难以抵挡人们心中的那一份喜悦，毕竟，麦收是一年到头最重要的渴盼。

每当手里捧起沉甸甸、金灿灿的麦粒，一家人的生活也就有了希望的曙光。

白昼一天天拉长，麦地中的麦子整齐地生长，麦芒生机勃勃，英武地举向天空，向着天空拔节生长，似乎不漏掉任何一点来自阳光的气息。渐渐地，藏在麦芒中的一颗颗麦子经过不易察觉的灌浆，日益饱满。而几个月前，麦子叶尚是碧绿，尚是柔嫩，现在从梢上开始变得枯黄，开始变得干燥，呈现出沧桑的样子。

终于，张易的冬小麦经过几个月的生长，生命从叶子开始走向衰退，亦走向辉煌，在北国的大地上形成一大片一大片的金黄。风吹麦浪，尖利的麦芒壮观地起伏，发出万道光芒，在天空下，在人们的心中渲染下浓烈的色彩。

六盘山地区四季分明，六盘山山下的张易镇，在麦收时节一片忙碌。

在麦收时节到来之前，麦收准备工作早就开始了。整理麦场是一个不可或缺的工作。麦场的重要性就像房屋于人，麦子的家当然是麦地，但我们要把它们请回我们的家，必须碾场，所以得有一个良好的地方暂时接待麦子呢。我们村南有一块空地，这个空地已经有好多年了，从我记事起，它就在。它存在了很多年了，它就在南山脚下，平日里，放些柴草等杂物，有时上面会长出许多青草，如狗尾巴草、草狗子、灰灰菜等，还有一种植物长得一人多高，果实状如大拇指肚大小，里面有很多种子可以吃。它高大的茎秆外表有一层绿色的"皮"，扒下来可以拧绳子，可惜忘记它叫什么名字了。麦熟之前，这些杂物统统被清走。

碌柱，它是石制的圆柱体农具，有一米左右的高度，直径有四五十厘米，中间略大，两端略小。平时不用的时候，它立在麦场边上，就是经风吹经日晒的石头疙瘩，给人以笨重憨厚之感。而一旦挂上木架子，小伙子拉起碌柱，它会让你看到它的英武。木架子与碌柱摩擦发出"吱吱"的声响，而所经之地，百草倒伏，甚至压进地中，土地变得平展。

村南那块空地就是要经过碌柱的反复碾压，变得越来越平整，越来越光滑，最后都能让这几亩的空地变成一片土色的大镜子。这样的麦场，欢迎着麦子的到来。这样的麦场，欢迎孩子们的到来。你看，孩子们早就迫不及待地在空旷的麦场上奔跑了，嘻笑了。

在张易，哪个村，哪个庄里没有几个叫柱子呢？柱子就是麦场上的石头疙瘩。村里有户人家，生了几个孩子都夭折了，于是有明白人说起个命硬的名字吧，于是再有一个孩子叫了拴柱。这孩子果然拴住了，活了下来，还成了种庄稼的好手。乡下还有个拜石亲的风俗，记得有个同姓弟弟，他的名字叫玉石，听说他的干娘就是麦场里的那个碌柱。这种风俗的背后是一种朴素的愿望，石头硬而长久，昭示着命硬，长命百岁。

麦场整好，单等麦子上场了。

麦子上场，我们不得不先请镰刀出场。

镰刀，刚上手的镰刀，刀口平如半月的直线，待镰刀经过多次收割，直线会变弯，刀锋变利，刀体变窄，刃在空中划过，似乎能切割到空气，发出铿铿之音。这样的镰刀真是称手的好农具呀。在故乡，每家屋檐下的木橛上都挂着几把镰架，在屋檐下，雨淋不着，而且还能吸收日月之光华，所以，镰刀保持了刚毅，保持了随时加入收割的姿态。

有镰刀怎么能没有磨刀石呢？磨刀石一般放在水缸的旁边，这是有道理的。磨刀不能干磨，需要边磨边放水，这样磨出的刀锋利。在缸边，舀水方便。磨刀石，是一种略软的沙石，经过多次磨，也会弯成一个弧度，与镰刀相得益彰……快割麦子了，屋檐下挂着的镰架悉数请下来，在集市上买几个新刃子，一个一个地磨了，装到镰刀架上。磨刃子这样的活在我家一般是由父亲来做，他细致有耐心，哈着腰，让刃子在磨刀石上擦来擦去，越磨越快，有时会有些火星从刃子与石之间迸出。磨到一定程度，父亲会停下来，直起腰，用手试一下刀刃。我一直好奇，这锋利的刃，不会把手割破吧。经父亲之手拭过，然后放到一边，说："这把刃子好了。"此时，我最感兴趣的不是刃子锋利与否，而是他的手会不会割破。多年后，我想到，刃子尽管够锋利，也不会割破父亲的手。因为他手上劳作的茧子够厚，够结实，刃子怎么会轻易割破？

割麦子会让手上起茧子，干农活会让手上起茧子，哪个农民手上不是满满的茧子？

麦子成熟不像家里的孩子，一个长大再另一个长大，而是几亩地说成熟就一起成熟，不容等待，抢麦收就像战役，容不得半点耽误。

天还不亮，男劳力就到麦子地了。清晨微光中的麦子地平整如镜，铺陈到地尽头，微风吹过，麦浪涌动，麦穗、麦秆等相互擦着，发出动人的声音。

人们借着微光开始收割了。麦子如列队一样，在麦地中一行一行地立着。男劳力每人站在地头，按着顺序，负责四五行麦子开割。割麦，需要哈下腰，左手把几十颗麦子揽于自己的怀中，"就像揽住一波翻卷的浪花，按住，割倒，另一波浪花又涌来，而麦芒却针一样刺痛胳膊，无暇顾及，镰刀举起落下，身后的麦子铺满土地，铺满丰收的喜悦"。因为哈腰割麦腰会酸疼，所以割一会儿，要直起腰来。直起腰来也并不闲着，刚刚割下来的麦子正一把一把地躺在地里。抓起二小把麦子，有麦芒的一头儿交叉，左右拧一下，系成一个扣。这时的麦秆是鲜的，所以两小把麦秆就接成了长一点的"绳子"。放它于地上，抱过一些麦子横放到"绳子"上，拿起"绳子"的两头系在一起，这就是"麦件子"，提着"绳子"，"麦件子"就站在了麦子地中，看呀，一颗颗麦子被聚拢起来，现在站在一起，紧紧地拥着，还真是结实的小伙子呢。

　　割麦，还有一个重要的活是拾麦穗。在很多文学作品中，把拾麦穗写得十分美好，比如拾起丰收的希望什么的。但在我童年记忆中，拾麦穗可不是一件美好的事儿。割过麦的麦子地，麦秆茬经镰刀斜斜地割过，具有尖利的锋芒。拾麦穗就是要在这中间找到遗落的麦穗。那时我穿的鞋子似乎经常是破的，麦秆茬经常从鞋子的破洞中穿过来，刺得脚疼。手在捡麦穗时，麦秆茬似乎埋伏在那里，手刚伸过去捡麦子穗，就会扎人一下，仿佛它们不愿意放弃麦穗一样。就算安全地把麦穗捡起来，麦芒上面的毛刺也会划手，扎肉，让人从身体到内心麻麻痒痒，很不舒服。可是，好不容易成熟的麦穗丢在地里多可惜呀，因此无论多么难，我们还是去拾麦穗，还是去拾一束束的收获。

　　麦子割完，接下来就是要运回麦场了。

　　麦子用架子车、拖拉机运到场里，撒在了场地里，大体摆成一个圆。碌柱上有套，套上牛马或者拖拉机，拉得碌碡压着麦子，一圈又一圈。压过第一遍，麦穗塌下去，但并不见上面的麦子下来，所以，碌碡要一圈一圈地转悠。渐渐地，麦子从麦穗中挤压出来。随着一圈圈的碾压，麦子脱掉而出，麦秆也被打得软而短。

　　从麦穗上脱下来的麦粒掺杂在麦壳、麦秆中，因此，麦收时节还有一个重要环节：扬场。这是个体力活，也是技术活。首先得看有没有风，风大不大。如果风太大，不行，风太小，则麦壳吹不走，也不行。其次要看扬得高度。先铲起一锨脱壳的麦子，甩开膀子把麦子飞到空中，借助风，把麦壳吹开。

　　人们把麦子扬好以后，堆在一起，散坐在旁边，或者站在一旁，看着金灿灿的麦子，体会到收获的快乐。

麦收之后，辛勤的人们这天用新打的小麦面粉包水饺。包水饺是为了敬天，在院子中摆上桌子，盛上三碗水饺，点上香把天上的神请下来……更多的水饺盛在屋内的桌上，一家人围着吃着水饺，麦收就算告一段落了。

等麦茬地翻了地，开始耕种……自然界有着自然界的轮回，勤劳的人们顺应着自然的轮回，就这样一天又一天，一年又一年。

张易，那块土地上的人们，在时间的轮回里，也一代人一代人地延续着……

冰沟清泉

大自然是很博大的，她之所以能包容万物，因为她在包容万物的同时也滋养着万物，山川、溪流、草木、生灵都融进了这大自然当中，融进血脉、融进心灵，深入到一点一滴的细节当中。

如一泉清水，滋养着周边的生灵万物，他们心存敬畏与感激来取水。有了她的滋养，草木蔓发、鱼翔浅底、鹰击长空、骏马奔驰，匆匆奔袭的人类和他们一道改变着这个世界。

一

我的家乡在六盘山以西，一个群山峻岭的一个小山村里，村子四面环山，巍巍大山上有苍苍树木、青青麦地和汩汩山泉。村民的瓦房大都依山傍水，山间青墙红瓦的村落依偎在山之麓，炊烟袅袅，鸡犬声相闻，不由得要生发出几许沉醉和几分诗意。

在家乡，我最喜欢去的是大店村，这里有西海子、有石庙、有冰沟，最惬意的是这里有一泓清泉。她藏在冰沟深处，山林之间，更像是一个慈爱的智者，普洒甘泉，让这里的草木生灵都得到滋养，让这里一年一年生生不息。

清泉在山涧的石缝里流出，清可见底，水石相击，淙淙有声，像琴瑟奏出的古韵般婉转悠扬。别有一番"清泉石上流"的清雅景致。泉水汩汩流动，一路蜿蜒前行、在不远处纵身一跃，跳进几米深处的溪流中，那种愉悦、那种欢快、那种幸福，一声声的笑声荡漾在山涧里。

她是如此刚毅，千百年来，就这样静静着流淌，没有稚嫩的羞态，没有澎湃的激情，没有老骥伏枥的疲惫，一切都这么安详静谧，与世无争，却从未干涸，这是多么伟大的遗骨毅力，多么博爱的一种精神。

二

这清泉，就像深邃的目光，看千变万化，看世事浮沉。仿佛儿时那些记忆也就这么自然地流淌出来了。

六月，六盘深处，四野绿意盎然。这个时节，这一脉清泉就向人们供应了满满的泉水，人们取水非常方便，只要双膝蹲下就可享受这清凉的甘汁。

在这股清泉的周边，居住着水沟、瓦窑、大店三个自然村的近百户村民。每当农事忙完，大家就不约而同地来到这里，无论是中午还是傍晚，泉水边上就坐满了男女老少，男人们用泉水洗净了身上的泥土，取下挂在背上的水壶，直接把手放到泉眼前的石板之间，"咕咚，咕咚"，汩汩清泉流入水壶，只见壶口冒了几下泡，壶便装满了。然后就优哉游哉地找到一个阴凉处，一屁股就坐下摘下头顶的草帽，一边扇风，一边"咕咚，咕咚"喝着接来的泉水。那甘洌的泉水，大口喝水的样子，仿佛是在喝刚从瑶池带来的美酒。

等酒足饭饱之后，男人们敞开自己的衣服把帽子往脸上遮就很快进入了梦乡，伴随着均匀的呼噜声，他进入了梦乡。

女人们一点也不闲着，她们忙从布袋子里拿出从家里带来的还没纳好的鞋底，穿针引线一针一针地做起自己的手工活来了。那针线非常匀称，因为她要赶在秋天到来之前给自己心爱的丈夫做一双合脚而又舒服的布鞋，阳光透过老柳树，被柳树叶剪得碎碎的映在泉水上仿佛给这些美丽的女人带上了珍珠。

老人们嘴里吧嗒着烟锅，给围在这里的孩子们讲诉这泉水的传说。只见老大爷喝了两口水之后就拉开了话匣子："这泉呀，可不一般啊！传说，在很久以前冰沟的山上有一个千年修道的道士……"大家围坐在一起，安静地听着老爷爷讲故事。

讲罢，来玩耍的孩子们趁大人们不注意的时候就会偷偷地跑去杏子林，一眨眼的工夫就摘了满满一大袋的杏子，手里还捎带了几张手掌般大的叶子得意扬扬地跑来，用小手灵巧把叶子挽成一个碗状，兴高采烈地趴在泉边吸水，那欢乐的嬉笑声在山谷里回荡。

三

春去秋来，这一眼甘泉像一个苦行僧，就这样静静地守候在冰沟深处，日复一日、年复一年守护着方圆几里的生灵。

六年前的一个春日，我再次来到这里，感受这泉水的暖意，回味儿时的时光。也许是早春，天气乍暖还寒，我静静地坐了一会儿，早春的风刮在脸上，带着丝丝的寒意。这里的村民都已经搬迁到红寺堡、长山头等地，剩下来的只有荒废的窑洞和遗弃的土房，仿佛在印证着曾经的故事。

在这里，唯有那一泓泉水依旧在那里，依旧清澈见底，依旧映衬着白云蓝天的色彩，伴着山野深处野草树木的芳香，伴着流淌的潺潺水声，自己就像回到了从前，农人们耕耘吆喝声、放牛的背影、担水的步履，这一切历历在目。我不由用手掬一口泉，捧到嘴边，轻轻地喝了下去。呵，如此清凉、如此清洌、如此甘甜，就像自己儿时那样，不，就是儿时的味道。

这纯净的泉水，千百年没有变。我在泉边深思良久。

如今，因这里地处六盘山国家保护区水沟，而且泉水富含锶等矿物质，这里建起了矿泉水厂，为出产的矿泉水起了一个温暖的名字：伊脉。这里的人们也因此能在家门口就业，走上富裕之路了。

站在绿荫遍野的水沟，让人感慨万千：一口不大的泉水哺育了这里的千万生灵，它从来没索求什么，这或许才是真正的爱的奉献吧！

在大店，我站在冰沟的泉水前，依然怀念那一泉清水。你们还记得那甘甜的泉水吗？你们还记得草木葱茏的冰沟吗？你们还记得它的故事吗？

浆水飘香

人话菜根香，秋根已饱霜。居于山城固原，炎炎夏日，白天酷热难耐，热得吃饭没有胃口；"夜热依然午热同"，热得睡不香。焦躁不安之时，最渴望喝一口家乡的酸浆水，最渴望喝一碗母亲做的浆水。

固原城里也有几家浆水面馆，但是总觉得味道中缺少一些鲜香和清淡，更缺少那些许凝聚在心底深处的乡情。也许在儿子眼里，母亲做的浆水永远是世界上最好的。母亲做的浆水味道永远伴随着我的生活。

以浆水面待客，是我们西海固人最朴素也最深藏不露的一个真挚礼节。如果客人是亲密无间的朋友，那么，熬罐罐茶、抽锅旱烟之后，我们就以精心制作的浆水面来款待。在故乡张易，酒逢知己千杯少，浆水面也只对理解它的人才是美餐。

一

上大学时，半年方可回一次家。每一次进家门，我就要吃浆水面。只有吃了浆水面，我才觉得真正地到了家里。浆水面滋我以清爽的汤，润我以淡雅的酸，又醒我以满口的清香，一碗浆水面下去，连日的旅途劳顿会立马消失，多日来焦渴的乡思，也终于得到了缓释与化解。

我常想：那些远在天涯的张易人，甚至那些久居国外的故乡人，他们会不会怀念一碗爽彻心脾的浆水面？会不会因想起浆水面而流下思乡的泪？他们会不会偷偷地给自己做一碗浆水面，偷偷地一饱口福？或者，他们会不会骄傲地以浆水面来宴请亲朋挚友呢？

更多的人提起浆水面心里就会发酸，这些人是我的父辈、祖父辈！他们曾经吃下了太多的浆水面。然而一样的米面十样的做法，在那个困难的年代，他们吃的那叫什么浆水面呢？这是连一朵油花也找不到的浆水面！这样的浆水面当然是不好吃的，吃多了这样浆水面的人，只要一提到浆水面这三个字，他的胃里也会泛出一股可怕的酸来。

二

母亲做的浆水是我们山村最好的，不仅色泽好，白中透一点淡黄，很吸引人的那种，而且味道很独特，不似醋酸刺鼻，不如酸奶厚实，酸中透出一股清香，一股质朴。

母亲做的浆水很好喝，她做浆水的瓦缸必须是黑色口小肚子那种，而且必须是专用的，每次做浆水前，都要认真清洗，先是凉水洗，而后是开水烫，完后放在通风处晾干。晾干后的瓦罐里面亮亮的，透一种光泽。然后是选菜，那时地里种的基本都是饱肚子的粮食作物，没有余地可供种蔬菜的，但是母亲总会弄来"时令蔬菜"做浆水：春天鲜嫩的苣荬、夏天的苦苣、秋天的萝卜叶萝卜根、冬天的土豆，都可为原料。找来的菜母亲先要仔细挑选，剔除黄叶和烂叶，用净水洗过，萝卜和土豆锉成丝。然后放入锅内掺水煮沸捞入备好的缸内，然后放入有结子（酵母的一种）到瓮里，再烧煮一锅水，水开后撒少许豌豆面，搅溶后倒入缸中。再加入烧滚了的开水，搅拌均匀后密封，让它发酵。发酵时长必须要保持三天三夜方能打开盖子食用。母亲舀浆水捞酸菜都是用干净勺子和筷子，决不允许用沾有生水或不干净的勺子和筷子。

在农村，有句俗语，"打倒的媳妇揉倒的面"，如何才能把面擀得又光又亮、又精又长，揉面得要一定的功夫。妈妈把和好的面大概揉揉，就团成圆，搁置在盆里，盖上干净的湿毛巾，叫饧面，饧过一阵子的面，经过妈妈的再次揉，竟变得光洁透亮，柔韧绵软。

小时家里穷困，生活不富裕，每顿饭都是离不开浆水的，粗粮的浆水搅团、浆水馓饭，细粮的当然就是浆水面了，粗粮和细粮浆水面的做法大同中有小异，粗粮浆水面都是先把饭做好，待水开之后，再放一碗浆水，搅匀后即可盛碗，然后加一点咸韭菜和油泼辣子即可食用。每次母亲做一大锅我们姊妹都会打扫得干干净净。细粮浆水面只能在逢年过节或者有亲戚客人来时才吃，浆水面的做法就是另外一种了，先是用清油、葱、酸、花椒和干辣椒炝锅，最后把浆水倒入锅中烧开，再放一点香菜，特别是加了清油的浆水其味更为醇香，然后是擀面，面也是放了很久的小麦面了。

妈妈把揉好的面放到面板上，开始擀面，细细长长的擀面杖在妈妈的手中来回变换着姿势，圆圆的面团也魔术般地扩展开来，变成面饼，再慢慢变圆变大，直到变得圆如玉盘，薄得透亮的一大张面皮儿，铺满了整个面板，面算是擀好了。母亲将揉好的面擀得薄薄的一大张，缠在擀面杖上，沿擀杖的轴划一刀，面分为两部分，再在中间切一刀，两块面摞一起，再慢慢切成细长的面，我们称之为"长面"，有时也会切成菱形的，我们称之为"面叶子"，粗粮做的变成小麦面的是白面，这对我们更有吸引力了，因为一年也难得吃上一回。

面已成，浆水出坛，浆水汤也是很讲究的。用野葱花炝锅，胡麻油烧热，加入野葱花翻炒一下，倒进浆水，只听到浆水在锅里吱吱作响，顿时，浆水的香味就在小院弥漫开来。浆水汤做好了，面也擀好了，再把切好的长面下进烧开的水中，出锅捞在青花白瓷碗里，浇上浆水汤，端上桌，一顿简朴的农家饭，浆水面就算做好了。

三

母亲做的浆水多了，后来邻居们都知道了母亲做的浆水好，那些大妈、小媳妇经常过来向母亲要浆水酸菜做饭，你一碗，我一盆。时间久了，邻居舀浆水，你拿一把青菜，她端一点自己做的可口的饭菜，让母亲尝尝，再和母亲拉拉家常，东家的孩子考大学了，西家的媳妇生了个胖丫头，大家谈笑风生，其乐融融。虽然母亲是一个普通的平常人，没有太多的能力为他人做很多的事，但有时候自己的一技之长，举手之劳，也能给他人很多的温馨，也给自己的晚年心情带来些许宽慰。多少年来，我在北京的读书的日子，各地的风味小吃也吃了不少，却没有给我留下特别的记忆，唯有母亲做的浆水却始终留在我的记忆中，萦绕脑中。

　　我不知道我的祖辈是如何发明了这样的一种土得掉渣的美味，好像爷爷的爷爷就开始流传一个关于浆水面美丽的故事：话说刘邦带兵来到汉中城外，驻扎在南门，厨师本想炒个白菜给将士们下面，菜洗好放在一缸里，面也下好了，突然敌人来了，将士们要出征，厨师慌忙之间随手把面汤倒在缸里一盖也上了战场，三五天后回到营地，远远闻到一股香味，原来是那缸菜的味道，厨师一看，清清爽爽的，一尝，哈！满口清凉、酸甜适宜，再用这样的汤浇面，将士们都喜欢吃，从此浆水面诞生。这样的典故是否是人们的杜撰不得而知，但我知道中华民族是一个索引的民族，这样的典故却可以为浆水面走向大众寻得一个不错的历史证据，单就这样的传说从中也可以看出浆水面的不同凡响了。

四

　　二十世纪八九十年代，我们吃着浆水面坚强地走过了那些年月。是朴素的浆水面给了我们生命，也给了我们生活的智慧。

　　儿时的我，总像跟屁虫儿一样围在妈妈的身前身后，看一道道做浆水面的工序，再听妈妈家长里短的唠叨，然后和父母坐在宽敞洁净明亮的院子里吃晚饭。夕阳透亮如银，洒满在家人的身上，和风轻轻在眼前晃动，浆水的馨香在小小院落飘荡，幸福在我的心间荡漾。徜徉在这美好的亲情里，手端一碗清爽透亮的浆水面，心中满是亲情。这朴实普通的浆水面，传递着浓浓的亲情，浓缩着深深的母爱。

　　现在，生活在一天比一天美好，我们的浆水面也在一天比一天做得考究与丰盛，一天比一天变得清香可口。尤其是在夏日，我们坐在槐树的荫凉下，眼前一方小木桌，桌上摆放着油泼红辣子、炒青椒，或者水萝卜和洋芋丝，我们吃一口浆水面，聊着最近的欣喜事。吃完了，我们把碗一放，风吹下一片小小的树叶落在我们的碗里，然后我们就去劳动，就去休息……这样的日子，确实是一首首田园诗。

姑且不说浆水面是否真有滋胃润肺、怡神静气的功效，但它能够清热解暑、消除疲劳确实是毋庸置疑的。农忙的时节，在田地里操劳了一天的庄稼汉，一身疲惫回到家中，想吃的也就是那么一口浆水面，好像一大碗清清爽爽的浆水面下肚，一整天的劳累也就即刻消失；那闯荡在外的西海固的人，在陌生的土地漂泊的时间久了，回到家，第一句话无非是："来碗浆水面吧！"这些身在异乡的游子，即使远离故土、远离家乡、远离父母妻儿，可他们的心中时时刻刻却装着家乡的黄土地，家乡的一草一木，还装着衣食父母亲情牵挂，也装着养育了他们长大的那碗朴实的浆水面，好像一大碗清清爽爽的浆水面下肚，才算真正回到了家；那繁华都市忙碌的城里人，吃惯了大鱼大肉、山珍海味，闲暇的日子需要一种闲适的感觉，吃一回农家饭，忆忆苦，再思思甜，好像一大碗清清爽爽的浆水面下肚，清汤寡水的倒是肠胃的一种惬意享受。

五

一碗朴实普通的浆水面，在历史的长河里静悄悄地见证着农村困难岁月的清贫，也见证着农民生活的变化。小的时候，印象中的农村家家户户几乎以浆水面为主食，面不可能只有白面，大多是在玉米面、豆面、莜麦面、燕麦面里夹杂少许白面，还有苞谷面等等杂粮做的浆水面，它们吃起来绝对没有如今精工细做的好吃，甚至还有些涩口，乡亲们很节俭，也不会每顿饭把面擀成细细长长竖琴般的长面，而是把擀好的面皮儿切成碎碎的菱形块，全部下进开水翻滚的大锅里，面煮好了，倒进一碗浆水，叫一锅子浆水碎面叶儿，没什么就饭的菜，撒上一撮盐，凑合凑合就是一顿简单的浆水面。可我的祖辈们依旧年年月月日日吃得那样香甜，在那个年月里，盼望吃一回肉，排骨大米饭似乎是很奢侈的想象。

岁月如歌，我也慢慢在长大，日子过得一天比一天舒服惬意和休闲了，饭桌上的美食花样越来越多了，电器的时代，电器做的饭，浆水面吃得却是越来越少了，好像吃一顿手工擀的浆水面倒变成了一件奢侈的事。唯不觉奢侈的就是那丝丝缕缕萦绕在心头关于浆水面的感恩之情，是浆水面陪我们度过了艰苦困难的年月，是浆水面给予我们生活的渴望，有些东西，我们是永远不应该忘记的，如同永远不应该忘记我们的衣食父母，永远不应该忘记我们的黄土地一样不应该忘记，要铭记在心。

我知道，这一碗浆水面，便是家乡的气息，永远叫我留恋，叫我思念；这一碗浆水面，便是一种寄托，一种牵挂，是藏在我内心深处一种思亲的情愫。

叠叠沟里桃花开

下了场春雨，天气温暖了，空气湿润了，桃花盛开了！

回家心切，车疾驰在固将公路上，心如盎然的春意，流淌在山峦田野之间，心想故乡的春天，永远是最美的景致，因为埋在心底的、埋在故乡大地上的，永远是眷恋的情思。

过长城村，翻白马山，固将公路如同流向故乡的一条溪流，绵绵不绝，把你引领到心灵栖息的地方。两侧的麦地已经是一片春色，绿油油的，翠嫩嫩的，一种勃然的生机、一种向上的朝气迎面而来。

一

车行至叠叠沟，春色如大海波涛，扑面而来，松针吐翠，桃花盛放，好一个花开四月、春风十里的叠叠沟。

叠叠沟本来就是植物的天堂，她是六盘山脉最重要的涵养林，这里草木茂盛，空气清新，自己仿佛置身于一个世外清新世界。而春色浸染、花香四溢的叠叠沟更醉人。

我迫不及待地停下车，爬上山，迫不及待地去触摸宁静的世界。当你置身其中，被一片笑吟吟的桃花海洋所簇拥，被浓郁的甜香所包围，真正让人忘了身在何处，仿佛这里隐藏着一个奇妙的通道，走下去就要进入另一个未知的美丽时空。

在叠叠沟，这里的桃花之美，很难用文字描述。

在这山野之上，我看到许多摄影爱好者长长短短的镜头对准了桃花，他们调节着焦距，也在调节着自己和桃花之间的距离，捕捉着自个儿心中的桃花。

叠叠沟的桃花，仿佛一簇簇绽放的火焰，照亮了路经这里的每一个过客，让他们驻足这里，让他们沉醉在这花海之中。我不禁感叹，桃花太美了，美在她未开之时，每一朵花蕾都像一滴凝结千年的泪；桃花太美了，美在她已开之时，每一朵花又像摇曳在红尘中天真未凿的笑纹；桃花太美了，美在她凋的时候，一地落红，依然不露疲惫衰败之相，使凋谢也变成一种充满美感的过程。

我想起了远在他乡的游子们，他们此刻是否也想沉醉在这春色里，安静地躺在桃花林间，奔跑在这叠叠沟的山野间。他们是不是在想，花开四月，风信子捎来远方，山里的花事。杏花，桃花，粉着，红着，开在咫尺天涯那个人的窗前。山里的世界，花开朵朵。仿佛眼前的她笑意盈盈，站在一棵花树下，已然醉在那一树一树的花海里。何曾怜惜，山外，那一树桃花。轻叹一声，生如桃花，花非花，无可奈何花落下，只剩下一梦繁华。

二

桃之夭夭，灼灼其华。其实，桃花在诗经里，就开始了她在中国文字上美的征程，散发着特有的异香。从最早期的口头文学神话传说到文脉之始《诗经》，从陶渊明的《桃花源记》到唐诗宋词，从孔尚任的《桃花扇》到曹雪芹的《红楼梦》……

夸父追赶太阳，扔下的拄杖，就化作了一片桃林。我想，神话创作者，当时肯定满脑子想的是怒放的桃花，从此，桃花在中国人的血脉里被奠祭。陶渊明搜尽万物，想来想去，唯觉得用"桃花源"做标题才够贴切所要描绘的彼岸理想。他说："忽逢桃花林，夹岸数百步，中无杂树，芳草鲜美，落英缤纷。渔人甚异之。复前行，欲穷其林。林尽水源，便得一山，山有小口，仿佛若有光。便舍船，从口入……"渔人就进入了豁然开朗的世外桃源了……由此岸进入彼岸，是要用桃花作引子的。

有时候想，假使抽去了桃花，是不是就抽去了中国文学中关键的一条筋脉？或者中国灿烂的文学就会暗淡许多？而更为严重的是，被誉为巅峰之作的《红楼梦》可能就会失去本源性的支撑而整体散架——"质本洁来还洁去"的桃花，是曹雪芹写作《红楼梦》最初的也是最后的策动点。如果要用《红楼梦》里本有的一首诗词来概括《红楼梦》，《葬花词》应该是完美的概括。

三

爬上山顶，极目远望，随处可见的是桃花，花开之处，粉黛满地。远处，阡陌纵横的田野错落有致地分散在村落旁边，褐色的田地里长满了绿油油的麦子。不远处的山间，桃花绽放，张扬地散落在山中的每个角落，将泛青的山、黄色的土点缀得分外妩媚妖娆，春风吹过，涌起一阵又一阵的花浪。一条蜿蜒的河流，在山谷间，如飘带般，在桃花深处迤逦而过。河边的柳树沐浴在春风里，婀娜多姿地扭动着纤细的腰肢。

走在林间小道上，倾听着树林间叽叽喳喳的鸟叫声，让人心旷神仪；透过绿意萌动的松枝间可以看到一块块纯净的天空，蓝莹莹的叫人心也为之一动，偶尔有几片浮云悠闲地飘过，变幻莫测的形态让人浮想联翩；身处一丛丛的繁花中，闭着双眼，深吸一口气，馨香扑鼻而来，让人沉醉其中。此时山中来了一群踏青的小姑娘，她们手里捧着一妖艳欲滴的花枝，欢笑着，争论着。

此刻，当我为桃花着迷时，我不禁陷入了沉思。

我们的生命中何尝没有桃花的影子？历史自古而来，千万朵桃花盛开的春色里，我们构建了桃花的精神，又被桃花精神影响和构建。桃花就这样导引着我们，既直观展现，又曲意隐喻，我们在观赏桃花之时，灵魂深处的桃花就和境外桃花一起绽放。桃花在中国的经典里所代表的精神，只有在看经典本身时自己去领悟。后人任何的解释，都可能是对桃花精神的曲解和附会。

我缓步徜徉在叠叠沟的山间，我看到桃花开起来这样热烈而鲜妍，似乎拼着性命尽力绽放，要把春天和人间抢夺过去，但是要抢夺到哪里去呢？桃花象征了生命的过程，生则灿烂，凋则无憾。始含一滴泪，然后是一笑，最后是一凋。含泪时悲而不怨，绽放时艳而不俗，凋谢时哀而无伤——这便是桃花。

突然想起自己多年前曾写的一首诗《一朵花开在我怀里》：

春天，我藏在大地深处，我只想
一朵花开在我怀里，然后开遍大地，开遍天空
仿佛天上的每一朵云，每一缕风，都是一朵花
就这样，整个世界溢满花香

在这初春的清晨，我跟着一朵花微笑
跟着一朵花敞开心扉，让暖暖的阳光照进来
让晨露吟唱，让春风歇息
让思念融入一缕花香，默默潜入
奔跑的春色里

今天，如果山野已经苏醒，溪流也开始呼吸
我将带着一面镜子，带着想念时留下的疤
在初春的原野上，沿着草色萌动的方向
匍匐前行，春意在那里，我就在那里
一遍遍把时光挽留，让一朵花开在我的怀里

春过溪头蕨菜香

家总是等待着匆匆归来的步履，打开家门的那一刻，总有一股温暖迎面扑来。因工作关系，半年来，我一直奔波于银川与固原之间，每次周五从银川回固原，就已经是深夜十一二点。这时，妻儿和母亲都已经安睡。妻子知我归家仓促，来不及吃晚饭，每次回来，总会在餐桌上看到家人为我准备的饭菜。

上周周五，深夜归家，当我揭开餐桌上的饭罩，一盘绿莹莹、鲜嫩嫩的凉拌蕨菜，一碟清新透亮的肉丝，一碗香喷喷的米饭，当这些美食呈现在我的面前，一股暖流在我身体里涌动。特别是这蕨菜，这儿时的美味像久别的挚友一样，让人如此亲切，让人如此心动，不由得让人陷入回忆里。

是啊！我怎么忘记了，这正是打蕨菜的时节。

一

"参差荇菜，左右采之。窈窕淑女，琴瑟友之。"每当春暖花开，我眼前总会浮现起《诗经·关雎》篇里的一幕：春过溪头，一位身材窈窕、温柔善良的姑娘沿着春光漫步而行，看着长长短短的荇菜，左右采摘着，她时而会奏起琴瑟，那动情曲调，如此悠扬、如此动情，像淡淡的花香一样飘荡向远方。

一段诗文，一幅画景，也勾起了儿时背着黄布挎包，翻山越岭在叠叠沟打蕨菜的情景。

我的老家在六盘山下张易镇的一个小山村，这里离六盘山支脉——叠叠沟很近，太阳迟、十字大梁、烧炭沟、海子沟、冰沟、大吊沟、调皮沟、侯家沟、黑鹰沟、大湾沟，这都是蕨菜生长的乐土，也是我们打蕨菜常去的地方。在这里，无论坡地、阳洼、沟坝、山岔、梁峁，随处都能目睹蕨菜的秀姿。

蕨菜，又叫"吉祥菜""龙爪菜"，生长在浅山区向阳地上，它吃起来清脆细嫩，滑润无筋，味道鲜美，是各种宴宾餐桌上的下酒菜。觥筹交错间，满桌子的嬉闹里，几筷子山野蕨菜下肚，再配上一壶清冽的金糜子酒，畅怀于天地之间，一种西海固淳朴豪放的气息扑面而来。

记得第一次看到蕨菜，我惊诧于它可爱的外表，它的模样很是讨巧，卷卷曲曲如婴儿的拳头，嫩嫩的，像极了绿色水晶如意。自古以来，蕨菜也是文人墨客笔下的常客，李白有"昔在南阳城，唯餐独山蕨"，孟郊有"野策藤竹轻，山蔬蕨薇新"，陆游有"箭笋蕨芽甜如蜜""笋蕨何妨淡煮羹"。《诗经》里更是推崇备至，以"陟彼南山，言采其蕨"将采蕨视为清高隐逸的象征。

二

春暖了，花开了，麦苗绿了，油菜黄了，蕨菜是不是该冒出头了？

"麦子快一尺高了，我看山里也能打蕨菜了。"小时候，每每听父母说能打蕨菜了，我的心里就开始激动起来。到了周末，母亲起了个大早，将夜里烙好的馍馍，准备好挡雨的塑料纸，将打蕨菜的铲子等物品一并装进挎包里。父亲带着我和哥哥，戴上草帽，拿上一把小铁锹，踏着露珠出发了。

四月的叠叠沟，和风拂面，春意正浓。山间小路边，冬麦油然，草木回青。一丛丛野花盛放，似火焰，若云霞，燃烧在溪畔山坡；一缕缕马兰花幽香，不时飘来，沁入心脾。最闲不住的是林间的鸟儿：枝头、花间、草丛，到处都有它们快乐的身影和清亮的歌喉。我们穿行于花草林木之间，陶醉于大自然妙曼的青春旋律。沟里那些不知名的花花草草，你争我抢地探头露芽，仿佛要在春日里，展现自己柔美的身姿。

沿着蜿蜒的山路一路前行，行走在沟边、林间，只为寻觅蕨菜的芳踪。

过马场林场，翻过陡峭的"乏牛坡"，一路前行，不知翻了几座山，越过几道沟，爬了几道坡，脸被太阳晒得发红发烫，手被尖刺划出一条条血痕，终于来到了"大吊钩"。据说这里是叠叠沟里蕨菜生长最多的地方。

可谁知，那日的情况却出乎意料：只见山沟里茂密的草木葱葱郁郁，我们东寻西找，忙活了好一阵，才打到几把又短又细、且已分叉展叶的半老蕨菜。莫非跑错了地方？我正埋怨着要换地方，父亲看到我不耐烦的表情，憨笑着对我说："不要着急，这蕨菜也是有灵性的，要有耐心，有了耐心才能遇见。"

我耐着性子，随着父亲向另一个山沟爬去。穿过一片小树林，眼前忽然变得开阔起来。父亲说："这里肯定有，你看这里潮潮的，日头正好照到这，这就是蕨菜长的地。"

细细一看，虽然蔓生着野草荆藤，然因土质较松，一株株鲜嫩的蕨菜探出了头，如雨后春笋般破土而出，带露含珠，娇柔可爱。那可爱的蕨菜，既像土中伸出的带着浅浅绒毛的凤爪，又如刚出闺阁的处子，低首含羞，或紫红，或翠碧，点缀在葱茏的山野之间。我很快忘却了先前的失落与艰辛，尽兴地采起来。父亲将这毛茸茸的蕨菜扎成一小捆一小捆的，然后在根上抹上泥土，插在挎包上。远远看着父亲，像一束束绿色的花束在父亲身上绽放。

正是人间四月天，这也是蛇出来活跃的时候。打蕨菜之前，父亲三番四次地叮嘱我们哥俩，在这丛林间打蕨菜时候，一定要当心蛇，一定要跟在他后面，沿着他走过的路上走。这些狡猾的家伙，往往就躲在石头缝隙间、密林乱草里，若与它们"亲密接触"，那可是要命的。打蕨菜的时候，我们手里都紧握着一根木棍，边走边用棍子在前面草丛敲一敲，这叫"打草惊蛇"，看到有人来了，那些家伙就望棍而逃了。

三

山涧里，溪水流淌，我们像牛羊啃草一样，低着头仔细找着一个个探着头的蕨菜。小小的蕨菜贪婪地吸吮着阳光，还没来得及和我打声招呼，便被我装在了挎包里。我们边折边用皮筋捆起来，没费多少时间，带来的挎包便被一捆捆蕨菜塞得满满当当。我们四处望望，半山腰有收蕨菜的人，我们爬山上，和买客讨价还价，一来二去，一捆捆蕨菜边便成了"大洋"。

那时候家里都很贫困，每逢山里蕨菜、刺榔头等野菜到了该吃的季节，柴胡、黄芪等山里草药该挖的时候，趁着种地闲暇时间，四周村里的村民都会背着袋子，步行几十公里，去叠叠沟里打蕨菜、割刺榔头、挖柴胡，他们采的蕨菜、割的刺榔头、挖的柴胡可不是用来吃的，而是卖给收野菜和草药的人换钱补贴家用。这正是"一方水土养一方人"。

黄昏时分，我们已经卖了好几包蕨菜了，这最后一挎包蕨菜就可以带回家吃了。父亲将最后打的蕨菜整齐地装进包里，收拾好铲子、小铁锹，回家。父亲身上挎着那包蕨菜，背上背着已经走不动的我，一只手拖着哥哥，拖着疲惫的身体，告别了溪水潺潺、草木葱茏、充满生机的大吊沟，向着炊烟升起的村庄，踏青而归。一路上，我感觉父亲那厚重的背是如此宽广，仿佛大地、大海、天空，容纳了岁月的磨砺，容纳了风雨的洗礼。

到村口，我远远看到母亲村口张望的身影，她估计已经等了好久了，手扶着那棵老柳树，腿有点发抖。进了屋，我迫不及待地打开挎包，将满满一挎包蕨菜铺展到炕上，得意地炫耀自己一天的"战果"，母亲笑着说："今儿这蕨菜嫩，我赶紧给咱们拌一盆吃。"母亲烧开水，撩蕨菜；撩好后，又将蕨菜撕开，摊在筛子里，母亲做这些的时候，我就坐在旁边盯着看，有时也给母亲帮一点忙，等母亲撩好菜、捣好蒜、调好汁准备拌的时候，我已靠着墙上累得睡着了，母亲才将我抱到炕上……

蕨菜多了，一时吃不完，母亲就把它们晒成干蕨菜，留到秋冬相交之际吃。每逢中秋、春节等节日，春夏种的蔬菜已经过季了，山里的野菜也不见了踪影，干蕨菜就成了过节的主打菜。

四

我是吃野菜长大的，因此对野菜有一种特殊的感情。

那个时候的蕨菜，的确是对村里人的一种恩赐。"野菜半年粮"，在那个缺吃少穿的年代，野菜是乡亲们的主要粮食。父亲说，在我出生之前，每逢四五月份青黄不接的时候，家家户户揭不开锅，为了充饥，大人、小孩都到山里挖野菜。爷爷领着父亲到叠叠沟去挖野菜，而蕨菜就是这野菜中最美味的菜。他们早出晚归，一天可以挖一小背篓。回家后，奶奶将野菜洗干净，煮熟，将辣子、野菜倒进锅里，撒点盐，打几个滚……就成了下饭菜。不过，野菜更多的时候和玉米面、燕麦面一起煮稀饭，这"野菜糊糊"在那个时代可是一种难得的佳肴。

山里长大的我，对于蕨菜有着特殊的情怀。它根扎大地，昂首蓝天，慷慨奉献，顺其自然，其品格如何不令人赞美？它那朴实无华，开朗泼辣的风度，如何不给人以深深的启迪！野菜会成为人们桌上的上等佳肴，可以招待上等宾客。

如今，蕨菜已不是救命粮，而是上苍赐给我们的天然美味，它已成为人们桌上的上等佳肴，可以招待上等宾客的。为了换换口味，尝尝味道，有时我也到山里打点蕨菜，尽管油盐很足，佐料也很足，可总是吃不出童年的那种味道了。不过，跟父亲打蕨菜的情景是永远不会忘记的，每次吃蕨菜的时候，我就想起了父亲，好像就在我们前面，用棍子扫着草，那个背影如此亲切、如此熟悉……

每年四月份，我都要回趟家，说是看看父母，其实更多还是为了想念一年的鲜蕨菜。沿着固将公路驱车回家，路过叠叠沟时，路两侧有的老年人、小孩子把在山上打来的蕨菜，一字儿摆开，张罗买卖。"卖蕨菜喽，这是最好吃的野菜！""'山野之王'，纯天然绿色食品！""新鲜蕨菜，不要错过喽！"一把把扎好的蕨菜，似红菜薹模样，在它们的背后，仿佛能看到乡亲们山野间的身影。我总是会停下车来，买上那么几把，带回老家，让母亲拌上一盆，那种美美的满足感觉，真是惬意。

五

就在今夜，就在此刻，我又一次吃到母亲凉拌的蕨菜，心里充满了感激与暖意。或许母亲根本就没有睡着，一听到我回来了，母亲蹒跚地从房间里走出来，满脸得意地说："这是你爸今早起来去叠叠沟打的，嫩得很。"我知道父亲的苦衷，他知道我对蕨菜情有独钟，喜欢吃拌蕨菜。今年我不在固原，他就趁着这个时节蕨菜正嫩，大清早便起来，走了十多里山路，给我打了几捆，带给我，让母亲拌了吃。想到这里，我的眼泪止不住夺眶而出。

此刻，我眼前浮现了父亲打蕨菜的情景：柔和的阳光洒在山峦上，青枝绿叶间，小鸟的啁啾像晨露般滚落，半山腰放牧的羊群云朵似的飘在山间，父亲一跌一撞的，穿梭于茂密的丛林中，转过梁峁，翻过山涧，跨过溪流，爬过陡坡，用铲子铲着一颗颗蕨菜，那佝偻的背影倒映在丛丛泛绿的林草边。

我仿佛看到父亲长满茧子的手，轻轻摘取像婴儿玉手般的蕨菜，就像生命与生命的一次次交换，那么宁静，如此自然。

　　我看到父亲身旁生长着片片菜薹样的蕨菜，黄色的羽叶卷曲着，水灵灵的纤尘不染，在午后的阳光里泛着一层紫褐色的光芒，如此闪亮，如此耀眼。

　　春到叠叠沟，春过溪头，山涧深处，一颗颗蕨菜散发出阵阵馨香。

春耕故事

村外杏花繁，林间布谷鸣。
山田春雨后，溪水半夜醒。
香炉蒿叶蒌，和风吹草轻。
春耕在山野，漫山吆喝声。

张易的春来了，嫩芽展枝，燕子北飞，蛙鸣虫啾，万物复苏……

车过叠叠沟，行驶过固将公路上，憧憬着故乡的春，再一次走进春的田野，奔向乡间阡陌小路，看田园风光，目睹农民忙碌春耕的景象，看耕牛犁田，农民种麦。

"布谷飞飞劝早耕，春锄扑扑趁春晴。千层石树遥行路，一带山田放水声。"一年之计在于春。闲了一冬的农人早已按捺不住，收拾好了春耕所需的农具，晨曦微露，人们便三三两两下地干活了。鸟雀从头顶掠过，微风轻抚旷野，伴着早春的些许凉意，一路感受春天带来的盎然生机。

张易的春耕，在我心里是最盎然的景象。

红庄、盐泥、闫关……一个个小小村庄田野里，一切都蓬勃向上起来。

在张易，大多数是山地，是梯田，农房、山地、田畴相连其间；田埂阡陌，道路交错，大大小小的梯田，与一排排红瓦房屋相互映衬，如一幅清幽恬淡的新村图画；要么梯田绕坡，层级而上，弯弯曲曲，如残月弯钩，似少女柳眉。站在高处，看梯田错落有致，青绿相间，绚丽得让人怦然心动。

在我眼里，春耕才是农村最美丽的画，如果没有农民的辛勤耕耘，大地定是疯长的野草与荒凉。

在我心坎里，喜欢农村田野里的风景，喜欢看农民淳朴真诚的笑脸；喜欢到山坡上、田地间，看乡村深处的风情。

春耕时节，就喜欢漫步乡间小路，有时清晨，有时傍晚，不顾脚上沾满泥沙，露珠打湿裤腿，偷听麦苗拔节的悄然声响和其他作物耳鬓厮磨下的窃窃私语。

当第一缕春风吹软柳条婀娜起舞，当第一滴春雨滋润小草吐露新芽，当第一声春雷唤醒蛰虫钻出泥土，沉闷的冬蜕掉枯燥的灰衣，换上了蓬勃的新绿，春天悄悄地从这里开始了新的征程。

阳光明媚的日子里，漫步在田间小径，眼里满是春的消息。宋洼坝里的水缓缓流过，清澈的水透明如镜，倒映着蓝天白云，如一条锦带飘向远方。坝岸上，去岁遗留的枯草七零八落地匍匐于地上，没有人在意它的存在，它只能任由风吹雨打，然后融入泥土，回归自然。

草根下新的生命已经萌动，那一丛丛嫩绿撕破枯黄的覆盖崭露头角。一株柔弱的小草，纤细的芽倔强地拱了出来，春天来了，谁能挡住它生长的脚步？谁能阻止它在春天里歌唱？那一排桃树已擎起一串串桃花，逗引着路人的目光。

你看，田野里到处充满了生命的希望。张易的春天就这样来了，张易的春耕故事就这样开始了。

农民在田间地头熟练地操作各种农具，用耙清理秋收后残余的杂秆剩叶；或修补部分地塄在上年被大雨冲刷的残缺豁口；然后用镢头把犁不到的地塄、田头松土待用。

犁地是必须的。冬土在春的温暖下复苏，农人一步一个脚印，扶着犁柄有秩序地一犁压着一犁犁着地，被翻卷的土层，不再是生硬的实土，松软而湿润的土壤经过一冬的休养生息预示着来年的收成。用耙一耙套着一耙地耙平整土地，像是书法家待书的卷张，平铺在了田间，等待着农人用他那特有的笔，书写出美丽的画卷。

农家肥要均匀地铺洒在田里，熟练的老汉在掌着犁铧，娃娃们则是跟在后面一把把地往犁沟里撒着化肥，只听得喊叫牲畜的吆喝声不绝于耳。"来来！嗒嗒！"左边、右边地指挥方向。这是给牛的专属口令，也是春天里飘散在田间地头的最频繁的吆喝，能干农活的牛，都是经过农人调教出来的，它们能听懂农人的吆喝，也会积极地配合。有时是两头牛的默契配合，有时是选力大无比的犍牛，会用它单独去完成犁、耙任务。

而今，这样的景象已不复存在了，展现在眼前的全是机械化种植。

看那边田野里，到处是一片忙碌的景象，无论男女老少，都在田里挥洒着自己的力量。一个身材健硕的男人正驾驶着拖拉机在田里来回穿梭，他驾车的技术娴熟，在高低不平的垄沟里行驶也得心应手。他身着一套迷彩服，戴着口罩，虽然只露出了双眼，却依旧能看出他眼中的淡定从容。他双手紧握拖拉机的柄把，"哒——哒——"，轰鸣是他为春天奏出的一曲交响。

极目远眺，一块块农田依山势顺次蔓延到公路边，高低起伏的梯田如一条条柔美的线条勾勒出了大地的轮廓。田野之上，电杆林立，一群小鸟息于电线之间成了春的音符，与远处奔驰的机车构成了一幅浓淡相宜的水墨画，而纯朴的农家人就是这巨幅画作的描绘者。布谷鸟是春耕田野里的常客，它会适时地唱响"种谷，种谷"这不变的曲调，提示着节令的重要。

春耕是一年农活的开始，也是一年收成的保证，深耕细作是对土地的敬畏，是给农作物最好的生长环境。

俗话说："人哄地皮，地哄肚皮。"老百姓都知道这个道理。每年的春耕是春天欢腾的画卷，伴着春意，渲染了农家人生活的旋律。

春耕的身影点缀在田间地头，是大地强劲的色彩。是憧憬，是希望，是快乐，是幸福。

一年之计在于春，春是四季的初始，是生命的起点，也是希望的阶梯。你听到了吗？这一首充满灵动和谐的春光曲。你看到了吗？这一幅充满淳朴民风的春耕图。

有一种情怀融进血脉（后记）

这里是我深爱的故乡——张易。我在长大后，就去了远方，但是无论在哪里，我都为你自豪，为你骄傲；我都会深情地回忆在你身边的时光，我都会拾起那些美好的时光。

我长大后，故乡就被我装进行囊，在我思念中慢慢发酵，最终酿成乡愁。故乡，你在我心上，我在天边闯荡，我在楼台远望，我在夜里彷徨。我在想你——故乡。叠叠沟、固将路、红色毛庄、西海子、香炉山、张易堡……有一种情怀融进血脉，我的故乡叫张易。

亲爱的，难道人长大后，都得离开家乡吗？

我想，也许是吧，也许就像胎儿孕育成熟后，必须脱离母体一样。可我也同样知道，离开的一直是我的肉体，我的心一直埋在那里，始终都不曾离去，那个名字叫张易，那种感情叫故乡。

童年的欢乐，依旧在村旁的小河里，日夜欢快地流淌。暮归的羊群里，我也算是一只。那香炉山上明月的奔跑，那宋洼坝翠柳的招扬，那西海子的溪流的欢笑，在我的梦里回荡，我在想你——故乡。

后　记

　　从乡村到城市，是一条长路的距离。从他乡到张易，父母在那头，我在这头。刻骨铭心的思念，在这段不近不远的距离上，来回地游荡，但是始终有一种力量，那个名字叫张易，那种情感叫故乡。

　　每年的冬天，当雪花漫天飞舞时，这么多流浪在外的游子，都会历千辛经万苦，风尘仆仆往故乡赶，朝着一个方向，朝着一个名字，那就是故乡，那就是张易。

　　而短暂的团圆之后，就再次扛着亲人的恋恋不舍，匆匆进城，离开故乡，离开抚育我长大的地方，每一个村庄、每一条河流、每一缕炊烟，都记着我的模样，我也都记着他们的模样。

　　离开故乡，这种伤悲的迁徙，是一种疼痛的无奈。从此，留守，成为一个沉重的词语，写在归乡的封面之上，他们是父母，是妻儿，是一种情怀：那个名字叫张易，那种情感叫故乡。

　　我在远处的闹市不停地繁忙，我在大城市的浪潮里激荡。我想起了故乡里这深秋遍地的荒凉，这一切一切在我的眼前摇晃，给我添尽了心茫，漫上了我的惆怅，让我不得不伪装，让我不得不掩藏，我成了夜的泪郎，我在想你——故乡。

　　离开了故乡，我开始迷茫，游荡在异乡的大街小巷，一个人的旅途，布满孤独和苍凉。

　　生活的重担，必须担着，我们可以脚步缓慢，但绝不可以放下。城市的霓虹灯，照不亮我们生活里的色彩，乡下的留守亲人，是我们心中永远的牵挂，永远的疼痛，那个名字叫张易，那种情感叫故乡。

　　得意和失意之时，都有巨大的思念和浓浓的乡愁，一直相伴。远方的远方，还有更远的远方，一个西海固以西的地方，一个叫张易的小镇上，那里居住着我的故乡。

远远的故乡，一直都在那里，孤独地守望。年迈的父母在那里，年幼的孩子在那里，我的根在那里，我尘世中最温暖最真挚最温柔的牵挂在那里……那个名字叫张易，那种情感叫故乡。

故乡啊，故乡！我爱你——这生我养我的地方！